Ensomheten i Lydia
Ernemans liv

Rune Christiansen

[挪威] 鲁南·克里斯蒂安森 著

李菁菁 译

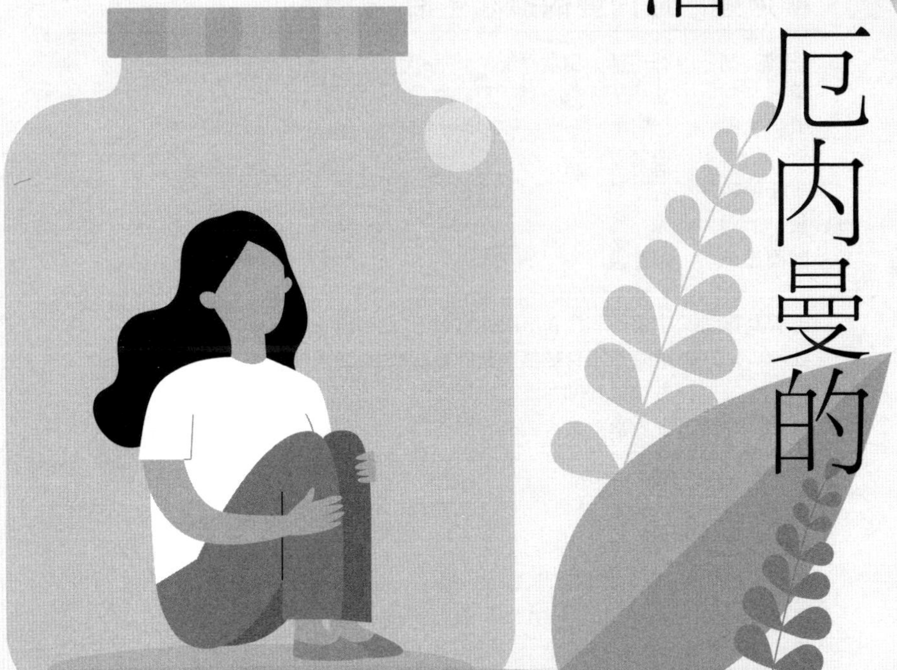

柳迪娅·厄内曼的孤独生活

中国国际广播出版社

图书在版编目（CIP）数据

柳迪娅·厄内曼的孤独生活 /（挪）鲁南·克里斯蒂安森著；李菁菁译.—北京：中国国际广播出版社，2023.12

（北欧文学译丛）

ISBN 978-7-5078-5524-1

Ⅰ.①柳… Ⅱ.①鲁…②李… Ⅲ.①长篇小说－挪威－现代 Ⅳ.①I533.45

中国国家版本馆CIP数据核字（2024）第014249号

©2014，Forlaget Oktober AS Published in agreement with Oslo Literary Agency. Simplified Chinese Translation Copyright©2024 by China International Radio Press Co., Ltd.

All rights reserved

This translation has been published with the financial support of NORLA.

NORLA

柳迪娅·厄内曼的孤独生活

总 策 划	张宇清　田利平
策　　划	张娟平　凭林
著　者	［挪威］鲁南·克里斯蒂安森
译　者	李菁菁
责任编辑	笈学婧
校　　对	张娜
封面设计	赵冰波

出版发行	中国国际广播出版社有限公司［010-89508207（传真）］
社　　址	北京市丰台区榴乡路88号石榴中心2号楼1701 邮编：100079
印　　刷	北京启航东方印刷有限公司
开　　本	880×1230　1/32
字　　数	120千字
印　　张	5
版　　次	2024年7月 北京第一版
印　　次	2024年7月 第一次印刷
定　　价	38.00元

版权所有　盗版必究

"北欧文学译丛"
编委会

主 编

石琴娥（中国社会科学院外国文学研究所）

副主编

徐　昕（北京外国语大学欧洲语言文化学院）
张宇清（中国国际广播出版社有限公司）
田利平（中国国际广播出版社有限公司）

编　委

（以姓氏汉语拼音为序）

李　颖（北京外国语大学欧洲语言文化学院芬兰语专业）
王梦达（上海外国语大学德语系瑞典语专业）
王书慧（北京外国语大学欧洲语言文化学院冰岛语专业）
王宇辰（北京外国语大学欧洲语言文化学院丹麦语专业）
余韬洁（北京外国语大学欧洲语言文化学院挪威语专业）
赵　清（北京外国语大学欧洲语言文化学院瑞典语专业）
凭　林（知名学者）
张娟平（中国国际广播出版社有限公司）

绚丽多姿的"北极光"

——为"北欧文学译丛"作的序言

石琴娥

2017年的春天来得特别地早,刚进入3月没有几天,楼下院子里的白玉兰已经怒放,樱花树也已经含苞待放了。就在这样春光明媚、怡人的日子里,我收到中国国际广播出版社文史编辑部主任张娟平女士打来的电话,想让我来主编一套当代北欧五国的文学丛书,拟以长篇小说为主,兼选一些少量有代表性的短篇小说、诗歌等,篇目为50部左右。不久之后,中国国际广播出版社负责人和张娟平主任又郑重其事地来到寒舍,对我说,他们想做一套有规模、有品位的北欧文学丛书,希望能得到我的支持,帮助他们挑选书目、遴选译者,并担任该丛书的主编。

大家知道,随着电子阅读器和智能手机的普及,越来越多的人通过电子设备来阅读书籍。在目前的网络和数码时代,出现了网络文学、有声书和电子书,甚至还出现了人工智能创作的作品,纸质书籍受到极大冲击,出版纸质书籍遇到了很大困难。有的出版社也让我推荐过北欧作品,但大都是一本或两本而已,还有的出版社希望我推荐已经过版权期的作品,以此来节省一些成本。而中国国际广播出版社却希望出版以当代为主的作品,规模又如此之大,而且总编辑又亲临寒舍来说明他们的出版计划和缘由,我被他们的执着精神和认真态度所感动,更被他们追求精神品位的人文热情所感动。我佩服出版社的魄力和勇气。面对他们的热情和宝贵的执着精神，我怎能拒绝，当然应该义不容辞地和他们一起合作，高质量、高品位地出好这套丛书。

大家也许都注意到，在近二三十年世界各国现代化状况的各类排行榜上，无论是幸福指数，还是GDP或者是人均总收入，还是环境保护或者宜居程度，从受教育程度和质量、医疗保障到养老、失业等社会保障，还有从男女平等到无种族歧视，等等，北欧五国莫不居于世界最前列，或者轮流坐庄拿冠夺魁，或是统统包圆儿前三名，可以无须夸张地说，北欧五国在许多方面实际上超过了当今世界霸主美国，而居于当今世界发达国家最前列，成为世界现代化发展中的又一类模式。

大家一般喜欢把世界文学比作一座大花园，各个时期涌现出来的不同流派中的众多作家和作品犹如奇花异葩，争妍斗艳。北欧文学是这座大花园里的一部分，国际文学中，特别是西欧文学中的流派稍迟一些都会在北欧出现。北欧的大自然，由于地理位置、自然环境和气候条件，没有小桥流水般的婀娜多姿，而另有一种胜景情致，那就是挺拔参天、枝叶茂盛的大树，树木草地之间还有斑斓似锦的各色野花和大片鲜灵欲滴的浆果莓类。放眼望去，自有一股气魄粗犷、豪放、狂野、雄壮的美。北欧的文学大花园正如自然界的大花园一样，具有一股阳刚的气概、粗豪的风度。它的美在于刚直挺立、气势崴嵬。它并不以琴瑟和鸣般珠圆玉润和撩拨心弦的柔美乐声取胜，却是以黄钟大吕般雄浑洪亮而高亢激昂的震颤强音见长。前者婉转优雅、流畅明快，后者豪迈恢宏、气壮山河。如果说欧洲其余部分的文学是前者的话，那么北欧文学就是后者。正如鲁迅所说，北欧文学"刚健质朴"，它为欧洲文学大花园平添了苍劲挺拔的气魄。以笔者愚见，这就是北欧五国文学的出众特色，也是它们的长处所在。

文学反映社会现实。它对社会的发展其功虽不是急火猛药，其利却深广莫测。它对社会起着虽非立竿见影却又无处不在的潜移默化作用。那么，北欧各国的当代文学作品中是如何反映北欧当代社会的呢？它对北欧各国的现代化发展是不是起了推动促进作用了呢？也许我们能从这套丛书中看到一些端倪。

北欧五国除了丹麦以外，都有国土位于北极圈或接近北极圈。北极光是那里特有的景象。尤其到了冬天夜晚，常常能见到北极光在空中闪烁。最常见的是白色，当然有时也能见到五彩缤纷、绚丽多姿的北极光。北欧五国的文学流派众多，题材多样，写作手法奇异多姿，犹如缤纷绚丽的北极光在世界文坛上发光闪烁。

北欧包括5个国家：丹麦、芬兰、冰岛、挪威和瑞典。讲起当代的北欧文学，北欧文学史上一般是从丹麦文学评论家和文学史家勃朗兑斯（Georg Brandes，1842—1927）于1871年末在丹麦哥本哈根大学所作的《十九世纪文学主流》算起，被称为"现代突破"。从19世纪的1871年末到目前21世纪一二十年代的150年的时间里，一大批有才华的作家活跃在北欧文坛上。在群英荟萃之中，出现了几位旷世文豪，如挪威的"现代戏剧之父"亨利克·易卜生，瑞典文学巨匠——小说家、戏剧家斯特林堡和荣获诺贝尔文学奖的第一位女作家、新浪漫主义文学代表塞尔玛·拉格洛夫，丹麦1944年诺贝尔文学奖获得者约翰纳斯·维尔海姆·延森，芬兰批判现实主义作家尤哈尼·阿霍以及冰岛1955年诺贝尔文学奖获得者哈多尔·拉克斯内斯等。本系列以长篇小说为主，也有少量短篇和戏剧作品。就戏剧而言，在北欧剧作家中，挪威的亨利克·易卜生开创了融悲、喜剧于一体的"正剧"，被誉为"现代戏剧之父"，是莎士比亚去世三百年后最伟大的戏剧家。瑞典的奥古斯特·斯特林堡所开创的现代主义戏剧对世界戏剧产生了重大影响。戏剧是文学的一部分，所以我们在选编时也选了少量的戏剧作品。被选入本系列中的作家，有的是北欧当代文学的开创者，有的是北欧当代文学中各种流派的代表和领军人物，都是北欧当代文学中的重要作家，他们的作品经历了时间考验。

在北欧文坛中，拥有众多有成就有影响的工人作家是其一大特色。有的还获得了诺贝尔文学奖，成为世界级的大文豪。这些工人作家大多自身是农村雇工或工人，有过失业、饥饿或其他痛苦的经历，经过自学成为作家。他们用笔描写自己切身的悲惨遭遇，对地主、资产阶级的剥削和压榨写得既具体细腻又深刻生动。正是他们构成了北欧20世纪以来现实主义文学的主流。在这些工人作家中最突出的有丹麦的马丁·安德逊·尼克索和瑞典的伊瓦尔·洛-约翰松等。对这些在北欧文坛上占有重要地位的工人作家的作品，我们当然是不能忽略的，把他们的代表作选进了这套丛书之中。

除了以上这些久享盛誉的作家外，我们也选了新近崛起的、出生于1970和1980年代的作家，如出生于1980年的瑞典作家乔安娜·瑟戴尔和出生于1981年的挪威作家拉斯·彼得·斯维恩等。他们的作品在北欧受到很大欢迎，有的被拍成电影，有的被搬上舞台。这些作品，虽然没有经历过时间的考验，但却真实地反映了目前北欧的现状，值得收进本丛书之中。

从流派来看，我们既选了现实主义作品，也不忽略浪漫主义、超现实主义和意识流的作品，力求使读者对北欧当代文学有个较为全面的印象。从作家本人的情况看，我们既选了大家公认的声誉卓越的作家的作品，也选了个别有争议的作家的作品，如挪威作家克努特·汉姆生，他是现代挪威、北欧和世界文坛上最受争议的文学家。他从流浪打工开始，1920年成为诺贝尔文学奖得主，晚年沦为纳粹主义的应声虫和德国法西斯占领当局的支持者，从受人欢呼的云端跌入遭国人唾骂的泥潭，而他毕竟是现代主义文学和心理派小说的开创者和宗师，在20世纪现代文学中扮演了承上启下的转型角色。我们把他的"心理文学"代表作《神秘》收进本丛书。这部作品突破传统小说的诸多常规要素，着力于通过无目的、无意识的内心独白，以及运用思想流、意识流的手法来揭示个性心理活动，并探索一些更深层次的人生哲理。1978年诺贝尔文学奖得主、美国作家艾萨克·辛格说："在我们这个世纪里，整个现代文学都能够追溯到汉姆生，因为从任何意义上他都是现代文学之父……20世纪所有现代小说均源出汉姆生。"我们把这位有争议的作家的作品选入我们的丛书，一方面是对北欧和世界文学在我国的译介起到补苴罅漏的作用，另一方面也可进一步了解现代文学的来龙去脉，以资参考借鉴。

20世纪60年代中期，瑞典出现了一种新兴的文学——报道文学。相当一批作家到亚非拉国家进行实地调查，写出了一批真实反映这些地区状况的报道文学作品。这批从事报道文学的作家大都是50年代和60年代在瑞典文坛上有建树的人物。如瑞典作家扬·米尔达尔是这种新兴文学——报道文学的代表人物之一，他的《来自中国农村的报告》（1963）成为当时许多国家研究中国问题的必读参考材料，被译成十几种文字多次出版。他的这本书材料详尽、内容真实、记载细腻而风靡一时。还有福尔盖·伊萨克松通过访问和实地采访写出了报道中国20世纪70年代真实状况的作品。这些文字优美、内容详尽的作品为西方读者了解中国起了很好的桥梁作用。他们的作品是在我国改革开放之前来中国写的，今天再来阅读他们当时写的作品，从中也能领略到时代的变化、改革开放的伟大成就。

总之，我们选材的宗旨是：尽量把北欧各国文学史中在各个时期占有重要地位的作家的代表作收进本丛书。本丛书虽有45部之多，是我国至今出版北欧丛书规模最大的一部，但是同150年的时间长河和各时期各流派的代表作家与作品之多比起来，45部作品远不能把所有重要作家的作品全部收入进来。

本丛书中的所有作品，除了极个别以外，基本都是直接从原文翻译，我们的目的是想让读者能够阅读到原汁原味的当代北欧文学。同英语、俄语、法语等大语种翻译比起来，我们直接从北欧语言翻译到中文的历史不长，译者亦不多，水平不高，经验也不足，译文中一定存在不少毛病和欠缺之处，望读者多多包涵，也请读者给我们提出宝贵的建议和意见，便于我们改进。

本丛书能够付梓问世，首先要感谢中国国际广播出版社执行董事张宇清先生和副总编田利平先生，田总编是在本丛书开始编译两年后参与进本丛书的领导工作的，他亲自召开全体编委会会议，使编委们拓宽思路，向更广泛的方向去取材选题。没有他们坚挺经典文化的执着精神和开拓进取的勇气，这部丛书是不可能跟读者见面的。我还要感谢本书所有的编委，是他们在成书过程中做了大量工作，从选材、物色译者到联系有关国家文化官员和机构，都付出了辛勤的劳动。不仅如此，他们还亲自翻译作品。没有他们的默默奉献和通力合作，这部丛书是难以完成的。在编选过程中，承蒙北欧五国对外文化委员会给予大力帮助和提供宝贵的意见，北欧五国驻华使馆的文化官员们也给予了热情关怀，谨向他们致以衷心的感谢。对编选工作中存在的疏漏和不足，还望读者们不吝指正。

2021年10月
于北京潘家园寓所

石琴娥，1936年生于上海。中国社会科学院外国文学研究所北欧文学专家。曾任中国－北欧文学会副会长。长期在我国驻瑞典和冰岛使馆工作。曾是瑞典斯德哥尔摩大学、丹麦哥本哈根大学和挪威奥斯陆大学访问学者和教授。主编《北欧当代短篇小说》、冰岛《萨迦选集》等，为《中国大百科全书》及多种词典撰写北欧文学、历史、戏剧等词条。著有《北欧文学史》、《欧洲文学史》（北欧五国部分）、"九五"重大项目《20世纪外国文学史》（北欧五国部分）等。主要译著有《埃达》《萨迦》《尼尔斯骑鹅旅行记》《安徒生童话与故事全集》等。曾获瑞典作家基金奖、2001年和2003年国家图书奖提名奖、第五届（2001）和第六届（2003）全国优秀外国文学图书奖一等奖、安徒生国际大奖（2006）。荣获中国翻译家协会资深荣誉证书（2007）、丹麦国旗骑士勋章（2010）、瑞典皇家北极星勋章（2017）、翻译文化终身成就奖（2024）等。

译　序

关于"孤独"的问题，或许是人类社会中讨论最多、最频繁的永恒主题之一，仅次于生命和爱情。或许，这是因为我们人类大部分时间，总是独自一人。

在当今社会，孤独或许已成为一种常态，德国作家、诗人赫尔曼·黑塞（Hermann Hesse）曾说，孤独是一种当今社会的"流行病"。而在以存在主义哲学为基础的存在主义文学中，"孤独的个人"则是文学作家创作的逻辑起点。

作为欧亚大陆上最北的国家，挪威——一个看起来和我们距离遥远，实则与中国仅有俄罗斯一国之隔的北欧国家，每当国际社会谈论各类关乎民生的不同指数，如基尼指数、国民幸福指数和人类发展指数等，它往往稳居世界前列。

然而，就是在这样一个看起来如此"幸福"的国度，因为地理位置、自然环境和社会发展等因素带来的各种人类情感和情绪的问题，也让其在自杀率、抑郁症和"全球服用抗抑郁药人口比例"等排名上高居不下。

故而，挪威文学作品中对于"孤独"这一主题的讨论并不少见，而这部《柳迪娅·厄内曼的孤独生活》（*Ensomheten i Lydia Ernemans liv*）则是其中的优秀代表。一个人、一个社会为何如此"幸福"的同时又会如此"孤独"？这部小说或许可以帮助我们窥见一斑。虽然人与人之间的悲欢从未相通，但人们独自生活的感受和状态，或许可以通过文字的传递，让我们产生一些来自远方的共鸣。

本书作者鲁南·克里斯蒂安森（Rune Christiansen）是

一位享誉挪威文坛的作家。他生于1963年，家乡是挪威西部地区最大的城市卑尔根。自1986年发表其处女作《火车离开海的地方》（*Hvor toget forlater havet*）以来，他迄今已创作了十部广受好评的小说和多部诗集。1996年，克里斯蒂安森荣获挪威哈尔迪斯·莫伦·维萨斯文学奖（Halldis Moren Vesaas-prisen）。该文学奖评委会对其作品大加赞赏，认为克里斯蒂安森的作品在挪威文坛具有独特的地位，因为他的作品标志着挪威当代文学进入了一个新的阶段。挪威文学评论界认为，克里斯蒂安森的作品充满了"坚韧而感性的都市男性气质，这种气质将各类文学表达、自然的变化、短暂和永恒等不同风格融为一体"。

虽然克里斯蒂安森最初是以挪威文坛先锋诗人的身份而闻名，但近些年来，他越来越多地把注意力转向散文创作，自2003年以来，他创作并出版了一系列广受赞誉的小说，其中包括：《亲密关系》（*Intimiteten*，2003）、《音乐的缺失》（*Fraværet av musikk*，2007）、《金菊花》（*Krysantemum*，2009）和《柳迪娅·厄内曼的孤独生活》（2014）。《柳迪娅·厄内曼的孤独生活》被许多评论家誉为他迄今为止最好的作品，还因此荣获了挪威国家文坛最高奖项布拉格奖，并提名挪威评论家小说奖、青年读者评论家奖和挪威第二频道读者小说奖。

此外，克里斯蒂安森还是挪威泰勒马克大学学院的副教授，负责作家教育课程。除了作家和教育工作者的身份，他多年来一直在挪威奥克托伯出版社负责当代抒情诗翻译系列的编辑工作。

本书的主人公名叫柳迪娅·厄内曼，她出生在瑞典的一个小地方，家里经营着一个农场，她是家中的独生女。在大学完成兽医学习后，她从瑞典搬到挪威的一个小城生活。通过克里斯蒂安森的描述,读者可以跟随柳迪娅一起完成兽医工作,一起做家务,一同感受着挪威乡村的四季变迁,体验农村生活的规律和变化。此外,读者还可以通过柳迪娅的双眼和心灵,看到作为独生子女的她与父母之间沟通和对话时的问题和冲突,体会到她在追寻自己道路时的坚定和勇气。

柳迪娅的日常生活仿佛被孤独支配,孤独是她生活的全部,这种寂寥或许能够把人击倒在地,但它却也是柳迪娅和我们每一个人幸福的源泉。

克里斯蒂安森的语言朴实无华,却又充满了细腻和优美。他对柳迪娅日常生活的描写虽然简单直白,却能触动人心。他擅长运用贴近生活的细节和情感,将最朴实的生活场景和情感体验转化为动人的文字表达。通过这些简洁的文字,读者仿佛可以看到普通人生活中平凡而真挚的美好,感受到生命的真谛和情感的温暖,品读出生活的意义和幸福。

本书具有深刻的思想内涵、独特的叙事风格,展现了克里斯蒂安森的文学才华和创作力,其关于"孤独与幸福"这一主题的深刻表现,以及作品所蕴含的人文情怀,使其在国际文学界产生了一定的影响力和声誉,该书目前已被翻译为英语,在美国和加拿大等地出版。

因此,翻译这部小说不仅是为了推广和传播这部优秀作品,更是希望通过译作的呈现,让更多的中国读者欣赏和了解这部具有独特艺术性和文学价值的挪威作品,从而促进中挪文学交流。感谢北欧文学译丛编委会和中国国际广播出版社引进出版这本书,让我们能够有机会更加深入地了解这位挪威作者的文学世界与创作风格,为中挪文学作品今后进一步传播和相关理解提供更多可能性与机会。

译者简介：李菁菁，北京外国语大学挪威语专业教师，文学博士，曾在挪威奥斯陆大学及卑尔根大学学习工作，多年来致力于挪威语言文学、北欧社会语言学及区域国别研究，翻译了30余部挪威语文学作品，曾荣获挪威海外文学推广协会授予的"月度翻译家"奖项。其主要译著有《云母谷的童妮娅》、《暖暖华夫心》(湖南少年儿童出版社，2014)，《棕色侠》(新蕾出版社，2015)，《傀儡师》(作家出版社，2019)，《威廉·温顿科幻系列：无人能解之谜》(人民文学出版社，2019)，等等。

目　录

你的名字来自何方？/ 008

面包配茶 / 016

穿过平原雪地的女人 / 019

双重压力 / 024

一个搪瓷碗 / 026

一个善变的灵魂 / 029

千年的旅程 / 034

一些关于天气的乡间常识 / 037

明媚的夏日 / 039

无所事事的星期天 / 044

一道微光 / 046

火箭人 / 048

所视之物 / 054

来自安特卫普的女人 / 056

她的自说自话 / 061

不入虎穴，焉得虎子 / 064

创造 / 071

夏日农村 / 073

托尔斯滕·卡西米尔·威廉·弗洛鲁森·利利埃克罗纳 / 076

什么抓住了她？/ 081

她在魔法森林里入眠 / 084

一个问题 / 088

当梦境来敲门 / 092

醒来后不知从何而来的幸福感 / 094

这不是她该考虑的事情 / 096

小插曲 / 099

一头牛和一头驴 / 101

悄然而至的女孩 / 104

戏剧作品 / 108

摘自奥古斯特·斯特林堡《第一次警告》中的一幕 / 111

雨后林中的燕子 / 113

命名之物 / 116

她听到动物们说话 / 120

某日，她步入一片森林 / 125

暗门 / 130

七年后 / 136

远离家乡的人儿啊,你将生活得很幸福。

——伊迪特·索德格朗[①]

[①] 伊迪特·索德格朗(Edith Södergran,1892—1923),芬兰著名瑞典语女诗人、20世纪北欧诗歌先驱,她的诗作在20世纪初北欧传统诗歌向现代主义诗歌转变的过程中产生了重大影响,具有划时代意义。

我们的故事要从柳迪娅·厄内曼的母亲开始讲起。

柳迪娅·厄内曼的母亲名叫达格玛·厄内曼,在达格玛十多岁的时候,曾经因为骑马过河发生意外,差点儿被淹死。犹记得那天,达格玛正一如平日般骑马外出,行至渡口过河时,意外发生了。达格玛的马不小心失足踩在了河滩上光滑的鹅卵石的缝隙间,马蹄子突然打滑,于是达格玛连人带马一下子重重摔倒在了河里。不幸的是,达格玛恰好被她的马压在了身下,脑袋还撞到了河里的大石块上。

一直到黄昏时分,达格玛才被两个钓完鱼回家的男孩发现。她奄奄一息地躺在河岸上,快要失去生命迹象了。而她的那匹马倒在地上,不停地呜咽嘶叫,马蹄子不停地在地面上拍打。男孩们发现她后,赶忙将她从马鞍上解救出来,带回村子进行紧急救治。

达格玛的"坠马事件"发生在上个世纪50年代末,那是在她的家乡位于瑞典北部耶姆特兰省的一个名叫弗兰克里克的小地方。但柳迪娅也是直到多年后才知晓此事。那是在她十九岁的时候,某天和父母一起吃饭的过程中,妈妈向她讲述了这个故事。

那一天,柳迪娅一家人一如平日般准备用餐。母亲达格玛把餐桌搬到外面的露台上,大家也不怎么讲究,都纷纷从锅里直接夹菜盛到自己的盘中,坐在餐桌前安静地用餐,三个人也没有在吃饭的间隙闲聊。

直到柳迪娅出人意料地打破了餐桌上的沉寂。柳迪娅突然在餐桌上一字一句地宣布——她要离开这里了。柳迪娅告诉父母，她已经收到了在瑞典乌普萨拉市南部地区的瑞典农业科技大学的录取通知书，她想在那里继续进行兽医专业的学习，希望成为一名兽医，今后从事和马相关的工作。柳迪娅说，这就是她理想中的生活，除此之外，她别无他想。

然而，当她的父母听到从未离开过自己身边的孩子打算离开家，意图和他们分离时，一种天然的分离焦虑之情油然而生。

一听到柳迪娅说她想要离开家，达格玛立马隔着桌子紧握住女儿的手，开始向她讲述自己年轻时的那次坠马经历，想让女儿意识到和马相关工作的危险性。柳迪娅耐心地听母亲讲完，然后认真地看着母亲的双眼，告诉她，自己已经长大成人，知道该如何照顾自己。

一看此景，柳迪娅的父亲约翰又赶忙接过话茬儿，继续说："你的母亲那时也是大人了，肯定也很早就知道该如何照顾自己了，但她依然会遇到如坠马这般不可控的危险的事情，你可不能大意。"

不过，柳迪娅并不同意父母关于马的观点，因为她从小就有和马一起生活的经验，可以说，从她学会走路开始，就一直在和马打交道，所以这点"恐吓"对她而言不是什么问题，不能阻止她去做自己想做的事情。

秋天来临时，尽管父母对柳迪娅前往乌普萨拉依旧保持反对态度，柳迪娅还是毅然决然地离开了家——位于克罗科姆市的这座小小的农场。

柳迪娅乘车一路向南，前往乌普萨拉。在之后的几年时间里，柳迪娅以优异的成绩通过了大学考试。然而在读大学期间，柳迪娅埋头学业，几乎没有时间交男朋友，偶尔有过几段时间不长且不太稳定的恋情，但几乎都是草草结束。

柳迪娅不是一个过于内向或特别容易羞涩的女孩子，性格不是影响她顺利开展恋情的原因。她只不过是一个对自己的学业充满了百分之百的热情，并十分渴望能够在学业上取得成功的女性。

柳迪娅心里很清楚，她想要学习，想要工作，她渴望用自己热爱的工作来充实自己的生活。对于感情问题，柳迪娅既不焦躁也不焦虑，实际上，她本人一直觉得自己的生活轻松愉快，非常美好。

当然了，柳迪娅也希望能够有一个可以与她分享日常生活的对象，一个可以让她能够全身心投入去爱恋的对象。但这个愿望并没有那么强烈——强烈到让她无法好好生活，或者让她现在的生活受到很大的影响。柳迪娅也从来不会害怕无聊，她总觉得，自己的生活或许永远都不会因无聊而需要展开一段恋情。

对于感情问题，柳迪娅是否过于天真了？不，她不是天真，而是对自己的人生既清醒而冷静，又固执而执着。

多年来日复一日的学习生活未曾让柳迪娅感到无趣，或对她从事的工作失去耐心。当其他人开始在生活中品味苦痛、在日复一日的烦琐日常中苦苦挣扎的时候，柳迪娅对学习和工作毫不畏惧、孜孜不倦努力奋斗的热忱，已经变成了她个人独有的一种品质，也成为她的一份宝贵的财富。

于是，当柳迪娅在向年长且资历深厚的兽医卡尔·马格努斯·斯坦格尔求职时，她不光有成绩优秀的瑞典农业科技大学毕业论文,而且还有大学学者充满溢美之词的推荐信,这让她的求职之路顺利异常。

卡尔·马格努斯·斯坦格尔在瑞典斯科讷省托梅利拉市里经营着一家颇负盛名的动物医院。斯坦格尔相信自己的直觉,几乎是在和柳迪娅会面中第一次握手的那一刻,他就立刻决定要雇用这位优秀的求职者。

在接下来的几周里,斯坦格尔一直带着柳迪娅在这片平坦而又广阔的地区里参观游览,以便帮助她尽快熟悉这里的环境,同时了解他本人。在大多数情况下,都是斯坦格尔在开口发言。他像一位老师一样,和柳迪娅亲切地分享自己的生平逸事和研究经历,例如他曾经发表过研究麋鹿的毒血和19世纪荷尔斯泰因牛的文章,还有他在斯莫兰的童年时光,并畅谈了他年轻时生活过的卡马格地区的野马的故事,他对那些野马的记忆尤为深刻,它们都是白色的,斯坦格尔将之称为"灵魂之马"。通过斯坦格尔给她讲述的一个个故事,还有斯坦格尔从各个方面帮助她进行的学习与了解,柳迪娅度过了一段丰富而充实的时光。

在斯坦格尔退休后,柳迪娅前往挪威,在那里的一家私人动物诊所找到了新的工作。该诊所位于挪威首都奥斯陆外几英里[①]的乡村里,由兽医西古尔德·勃兰特经营,他这个人在许多方面都与斯坦格尔非常相似。像斯坦格尔一样,勃兰特也从一开始就帮助柳迪娅逐步了解这个地区,让她能够在未来更加顺利地开展工作。于是,柳迪娅离开了熟悉的瑞典南部,搬到了挪威。柳迪娅在当地买下了一栋古老但保存完好的房子,这栋房子带有一个非常漂亮的

---

① 英里,一种英制长度单位,1英里约1.61千米。

后花园，里面种植着大量维多利亚时期风格的鲜花、浆果、灌木和其他各类植物。花园里还有一个温室大棚，以及一面很高的墙，可以抵御冬季寒冷的北风，唯一遗憾的是没有草坪。柳迪娅非常喜欢自己的这个新家。搬进来后，她又在生机勃勃的花园外围铺设了一条人行道。这栋房子很高，柳迪娅将外墙漆成白色，并且用一圈尖尖的篱栅围了起来。春夏两季，花园里的植物生长得郁郁葱葱，而冬季这里的风景也很好，只是多了一片漫天雪花。秋季到来时，大风吹过，花园里和周围的街道上，橘色和红色的叶子在风中摇曳、旋转，充满秋意。

十月份的清晨，外面的微风中已经带来了一丝秋日的凉意。虽然天气渐凉，柳迪娅还是非常喜欢在傍晚时分坐在外面的小阳台上，悠闲地翻阅百科全书，或者闲来无事抽空进行她很喜欢的写作工作。柳迪娅很喜欢写作，她经常一坐就是一个小时，完全沉浸在自己的阅读和学习中。

当柳迪娅放假休息的时候，她还会抽空尝试练习绘画，在阳台上一直待到黄昏时分，直到外面大自然的光线暗到让人无法看清书本上的字迹为止。柳迪娅还非常享受在黑夜中，将双腿舒展地搭在阳台的栏杆上，静静地聆听花园里风吹树叶的哗哗声，度过一段悠闲的时光。每当柳迪娅坐在阳台上的时候，她特别喜欢注视屋外的两棵板栗树，这两棵板栗树长在一条通向远处高速公路的旧碎石路的两边。每当她看着这两棵板栗树的时候，柳迪娅偶尔会产生一些恍惚的感觉，仿佛进入了另一个世界，有种非常不真实的感觉。

结束以上这些略显仓促的介绍后，让我们开启真正的柳迪娅·厄内曼的故事。

你的名字来自何方?

一个深秋的下午,柳迪娅在一个又冷又脏的谷仓里辛苦地完成了一场手术。结束了工作后,在开车回家的路上,柳迪娅突然决定在路边停一会儿。今天晚上,柳迪娅受邀参加一个聚会,不过在此之前,她需要花几分钟在外面透透气,呼吸一下新鲜空气。她穿上放在后备箱里的长靴,穿过灌木丛和沼泽,小心翼翼地走到一个池塘边。柳迪娅站在池塘边一动不动,池塘边有不少蜻蜓在翩翩起舞。柳迪娅时不时抬手挥开它们,或者伸手去抓,但她并不是真的想要抓住这些昆虫,她仿佛是通过这种方式在暮色中和它们建立起某种联系,此刻两种不同的生物间短暂地共享同一个时空。这样特别的感受并非没有任何意义。

池塘边长满了各种蕨类植物和灌木,池塘里有时不时的蛙鸣,还可以听到不远处躁动的鸟叫声在林间此起彼伏。柳迪娅弯下身子,把手浸入池塘浑浊的水中,直到看不清自己的双手。然后她站起身,将手在自己已经变得有些脏兮兮的灰色大衣上抹了抹,重新擦干。

这件大衣是柳迪娅母亲的,她一直把它当作冬天的工作服来穿。柳迪娅认为,现如今她和母亲生活相距甚远,因此这件外套不应该作为她因远离家乡而感到思乡的一件触目伤情的衣服挂在衣柜里,它应该被不停地使用,被磨损。她希望通过日常的穿着,让这件来自母亲的外套成为她工作和日常生活的一部分。

待了好一会儿后,柳迪娅在夜色中慢慢踱步回到车上。她现在需要尽快赶回家去洗澡换衣服,然后去参加晚上的聚会。说实话,柳迪娅对今晚的聚会并不期待,因为无论再怎么温馨愉快的聚会活动,她总会觉得自己格格不入。柳迪娅心里觉得,参加这样的聚会是她日常生活的任务之一,因为参加这样的活动就是在和别人保持社交。而且这种他人招待的活动大都是充满善意的,聚会上,当地的农民、医生、教师、商人和政客,以及偶尔出现的艺术家,他们为了共同的利益——这个社区的和谐才齐聚一堂,大家通过这样的社交活动建立起人与人之间团结和包容的情感连接。当然,这种交往是不受法律的管理和约束的,柳迪娅并不需要被强制参与。但每当柳迪娅收到聚会活动的邀请函时,她还是会不由自主地感到一种来自邀请方友好而又温和的,却隐隐有些"强迫"之意的期待。

在参加今天晚上的聚会时,大家开始享用晚餐,而柳迪娅一直在走神。即便是在与市长谈话的过程中,柳迪娅也一直心不在焉,她也想努力打起精神,却怎么都做不到。是否有一种更深层次的情感让自己感到抗拒?不,柳迪娅没有继续纠结这个念头。她一直在小心翼翼地避免让自己成为那种急功近利的人,她对别人的喋喋不休和陈词滥调的言行永远保持距离,这都是与自己无关紧要的东西,她一直在尽力不要为此耗费精力。

晚餐结束后,她一个人来到卫生间,将门锁上,仿佛在把自己临时隔绝在此处。此刻,柳迪娅有生以来第一次有了孤独的感觉。她对这种新鲜而又让人有些无助的感觉感到恐惧，因为她变得有些不像平时的自己了。柳迪娅觉得自己应该是一个这样的人，即能够自由自在地享受生活中各种平淡琐事的人。她非常享受与大自然的和谐共处，能够在日常平凡的生活中体会到一般人都不太能够注意到的平淡的快乐，还能够在和动物的相处互动中获得情感寄托。特别是当柳迪娅工作的时候，当她和马待在一起的时候，柳迪娅尤其喜欢那些活泼可爱的小马，就像今天下午她站在那片池塘旁边和自然相处时的感受——那是柳迪娅获得内心宁静的一段美好时光。

这时，柳迪娅突然接到一个紧急求助信息，来自当地最大的农场主之一布劳特恩家，信息里面说他们家的一匹马侧腹意外撕裂，受到重伤，必须尽快救治。于是，柳迪娅需要尽快离开聚会立刻去完成这项突发的动物救治工作。柳迪娅终于可以离开这个聚会了，她有一种深深的解脱之感。柳迪娅和聚会的主人道别后就匆匆离开了会场，然后给布劳特恩回复了信息，告诉他她已经在赶来的路上了。

柳迪娅离开会场的主建筑，准备去停车场开车前往布劳特恩家的农场。外面刚刚下过雨，草地上还是湿漉漉的，树叶和灌木上都挂着晶莹的雨水。在通往停车场的树篱上，长着秋季新结出来的浆果。柳迪娅随手摘下几颗尝了尝味道。但这几颗果子入口后苦涩的味道让她觉得有些奇怪。她不确定是什么味道，但立刻意识到这些果子可能有毒，便马上又把它们吐了出来。

这时，不远处的碎石子路上传来了脚步声。一名看起来三十多岁的男子正向她走来。他和柳迪娅打了个招呼，说自己也是今晚受邀聚会的客人。因为他是坐火车从另一座城市过来的,看到柳迪娅准备驱车离开,故过来打扰,请求柳迪娅将他顺路送到火车站。柳迪娅有些犹豫,想要拒绝他。但是她没有直说,而是先告诉他,现在她必须要先前往一家农场诊治一匹受伤的马。这名男子立刻回应说,他不介意绕道,而且他知道去那里的路离火车站也不远,应该也算顺路。

于是,这名陌生男子坐上了柳迪娅的车。男子上车后愉快地表示,很高兴这一路上能有个人同行聊天。柳迪娅把车开上了外面的主路,男子试着和柳迪娅聊天,他说这个地区有些荒凉,柳迪娅平静地回答,她已经习惯了。柳迪娅问男子是否觉得车里很冷,还没等他回答,柳迪娅就打开了车上的暖风。从车窗向外望去,可以看到远处的荒凉的山脊,上面光秃秃的没有什么植被,这片风景确实有些萧瑟之意,给人带来一种莫名的悲凉之感,即使是在身边有人陪伴的情况下,这种情绪也似乎无法消减。

布劳特恩家的农场位于一大片繁茂的白桦林的尽头,那里看起来雾气低沉,但风景壮丽。前往农场的路面上铺着鹅卵石,驱车到达农场后,柳迪娅从车的后备箱里取出了橡胶手套和工作服。她很自然地站在车门旁脱下参加聚会的衣服,然后利落地换上工作服。那名男子则像一个笨手笨脚的助手似的,试着在她更换工作服时帮助她。

此刻,柳迪娅突然想起了她和斯坦格尔第一次一起去农场工作时的样子,那时的她也像这名男子一样,看起来手忙脚乱,用不熟练的动作试着帮助斯坦格尔。而斯坦格尔则像此刻的她自己一样,表情很平静,从容不迫地做好自己该做的事情。柳迪娅明白,这名男子现在的行为并非他应尽的"义务",他正在"履行"一项让他并不感到愉快的"职责"。

柳迪娅一下回过神来,意识到她甚至还不知道这名男子姓甚名谁,而他也没有问过她。柳迪娅在聚会上抽过几次烟,但她也不是一个老烟民。然而此刻她突然想来上一根烟。于是,两个人收拾好之后,在等待农场接应正式开始工作前,他们先面对面地站在车边,一起抽了几口烟。

收到确认消息后,柳迪娅取出自己黑色的工作包,然后朝马厩走去。那里有三个男人站在门口等待,他们和柳迪娅一一握手,打了声招呼。

马厩里,有一匹受伤的马正侧躺在地上。这是一匹种马,它看起来浑身僵硬,身体偶尔抽搐,腹部有一道很深的伤口,肌肉组织和内脏都露出来了。不知为何,柳迪娅此时突然想起斯坦格尔曾经说过的话,马的听力非常灵敏。

柳迪娅跪在受伤的马身边,开始检查它的伤势,然后给它打了一针强效镇静剂。男人们则静静地站在周围,看着柳迪娅工作。当柳迪娅处理完马的伤势后,她沉思了一会儿,然后冷静地站起身,宣布要对这匹马进行安乐死。这时,马厩爆发出了一阵激烈的反对声。这些男人用一个又一个尖锐的字眼儿攻击柳迪娅,她试图跟他们好好讲道理,希望这些愤怒的人不要在此时过于激动。她不停地打着手势,用温和而不失力量的话语不停地和他们反复沟通。

但布劳特恩此刻根本听不进去。他不能接受这个结果,于是开始指责柳迪娅,批评她无能且缺乏工作经验。他还用食指指着柳迪娅的脑袋威胁她,告诉她如果她敢这么处理,那么她以后就别想在这个地区继续混下去了。说完,布劳特恩便转身怒气冲冲地离开了马厩,另外两个男人也紧跟在他的身后一同离开。

柳迪娅只得叹了口气，然后再次跪下，抚摸着那匹马，将它已经露在外面的有些发青了的肠子重新塞进身体，认真清理干净伤口，然后开始对受伤的地方进行缝合。缝合结束后，柳迪娅又用绷带紧紧地缠住那匹马腹部和背部。处理完一切后，那匹马突然仿佛回光返照一般，猛地抬起头，挣扎地站了起来，然后向马厩外疾驰而去。

柳迪娅也被吓了一跳。她静静地站在马厩外的院子里，好像在向这片空旷的地方剖析自己一般。柳迪娅知道，这是一个错误的决定。她应该坚持自己最初的想法，帮助这匹受伤的马尽快进行安乐死。尽管她试图说明自己的道理，但布劳特恩的威胁让她不得不选择这个错误的处理办法。此刻，柳迪娅对自己产生了一种既自信又怀疑的感觉。她清楚，这个问题的关键不在于是否做出了一个错误的决定，而在于她是否有权拒绝农场主的错误要求。这种感觉让她非常煎熬。

结束工作后，柳迪娅回到车边，将工作包和工作服重新放回车里。那名搭便车的男子在柳迪娅重新上车坐下后也没有试图再次和她搭话，仿佛他们之间已经形成了一种此刻保持彼此尊重的默契。于是，柳迪娅发动引擎，将车开离了这片风景壮丽的白桦林。

他们离开农场，重新开上了外面的高速公路。这时，外面的雾气变得越来越浓，公路上的能见度很差，偶尔有些车辆打出的远光灯闪过，那是迎面而来的汽车正在朝相反的方向驶去。过了一会儿，当他们看见火车站的轮廓时，柳迪娅刚刚心中不断翻涌的焦虑情绪才得到一些缓解。男人看了一眼柳迪娅，柳迪娅将其理解为他正试图从她的脸上看出她此刻的情绪，想要安慰她。于是，柳迪娅主动开口跟他说话，告诉他她刚刚在担心他是否能够赶上他要搭乘的火车。

在车站，柳迪娅主动提出和男人一起等火车到达，以防火车晚点或被取消。这是一个充满善意的姿态。一开始，男人摆了摆手，表示完全没有必要。但当柳迪娅表示坚持时，男人最终表示感谢并同意了。男人去售票机那里买好车票，而柳迪娅则在站台上发呆。她看着一块裂开的玻璃屏幕，刚刚外面的雨水打湿了这里。这个男人最终还是没有等来他要搭乘的火车。

外面又开始下雨了。他们回到车上时，车窗上都是雾气。男人向柳迪娅道歉，说自己给她带来了很多麻烦。柳迪娅没有回答他，而是突然一下子清醒过来，她刚刚做了一个错误的决定。这时，柳迪娅坐在车里开口大声说，她必须对刚刚那匹马实施安乐死。柳迪娅是在和自己对话，因为她刚刚没有顶住压力，而是向一位做出错误决定的反对者屈服了。这时，那个男人打开车门，一阵风把冷空气吹进了车厢，然后他在座位上坐好，又砰的一声关上了车门。男人冷静地告诉柳迪娅，如果她想回到农场，他愿意和她一块去。柳迪娅开始重新认真地打量起这个男人，但还没等到柳迪娅回绝他，男人就又把他的话重复了一遍。柳迪娅觉得这是一个好主意，他们可以趁着雾气偷偷溜回去，还不会被任何人发现。

当二人再次驱车回到农场时，男人突然先开口告诉柳迪娅他的名字，他说，他叫埃德文。柳迪娅也将自己的名字告诉了他。然后，他们一起走进了马厩。埃德文问她打算做什么。柳迪娅把工作包放在地上，朝门口点了点头，示意他帮忙把风。柳迪娅说，她得单独完成这项工作，现在需要一些时间和这匹马单独相处。然后，她找出医疗器具，又看了看表，记录下时间。这项工作并不难，但是此刻柳迪娅还是感到一种痛苦的情绪开始在身上蔓延。

当柳迪娅完成马的安乐死工作后，她检查了一下马的情况，然后深吸一口气，让自己冷静下来。柳迪娅镇定地给勃兰特打了个电话，说她很抱歉打扰了他，但还是需要请他现在就到布劳特恩家农场的马厩来。打完电话，柳迪娅起身走出马厩，穿过院子，前去通知布劳特恩。

布劳特恩接到消息后非常愤怒，但他依然克制地站在马厩里。大约半小时后，勃兰特也坐着出租车赶到了这里，他是来帮助柳迪娅的。勃兰特明确地告诉布劳特恩，柳迪娅做出了正确的决定。他希望布劳特恩能够明白，而且他也非常理解，布劳特恩其实心里很清楚，其他任何处理办法都只会延长动物需要承受的痛苦。他也劝导柳迪娅说，让她理解布劳特恩，理解他抗拒这样做的原因，因为他对自己的马有感情，无法接受这件事是很正常的反应。

是的，面对失去如此美丽而珍贵的动物，看到它们的生命消逝，任何人都会感到无比抗拒和痛苦。那匹马静静地躺在地上，已然逝去。最后，柳迪娅主动伸出手，布劳特恩也回握了她的手。他用悲伤的语气说，他明白，让这匹马这样活下去是不对的，对它来说也是一种痛苦。

面包配茶

那天晚上回家后,柳迪娅睡觉时做了一个有些莫名的梦。她梦见自己回到了父母家的农场里,身处一艘小船上。她不知道梦里的自己有几岁,她既不是儿童或青少年,也不是刚刚成年,而是她现在的年纪。她站在倾盆大雨中,看着下面的峡湾。无论她的父亲如何努力,如何操作排水系统,在峡湾外的砾石上总是形成一个个小的水坑。现在,在睡梦中的柳迪娅也看到因为下雨,峡湾水面像镜子一样闪亮,但她却无法触摸到它。怎么可能呢?柳迪娅想,或者说她梦见自己在想。然后,她想要乘船返回家中。她对着峡湾雨中稀薄的空气说"我们走吧",就忽然醒了过来。

这时,她听到厨房里传来了声音。这让她感到十分意外,并有些莫名的轻松。那位名为埃德文的男人昨天一直陪着她待到了凌晨。在车上,他问她是否需要有人陪,她同意了,并表示感谢。她将男人带回家,并告诉他楼上客房的沙发床该如何使用。

在给了埃德文一条羽绒被、一条毛毯和一个小袋子后,柳迪娅对他说了"谢谢"和"晚安"。

厨房的餐桌上摆放着两个烟灰缸、两个杯子、一张奶酪饼和一壶茶。柳迪娅过来后看到的就是这样的场景。她问埃德文是做什么工作的。埃德文回答说，他目前是国家剧院的一名演员。柳迪娅喝了口茶，然后缓缓地开口继续询问，她想知道他说的"目前"是什么意思？埃德文用面包蘸着茶，然后解释说，在年轻的时候，他就决定不把自己固定在一个工作上超过三或四年的时间。他曾做过很多职业，当过木匠、火车司机、烘焙师和潜水员。他还曾在一家塑料厂工作，当过导游和传教士。他的第一份工作是在葡萄牙做消防员。有一年夏天，他曾在葡萄牙的农村每天花八个小时，在塔楼上寻找林区的烟雾信号。这需要人专心致志，他没有时间阅读，也没有时间学习，他交替着站一会儿，坐一会儿。他还准备了一个CD机，自己唱歌，或者听音乐，因为这不会占用太多注意力。然后他还不知为何补充说，他不喜欢不经通知就来参加一个聚会，即使他认识这个聚会的举办者，即使他们是他很好的朋友。他声音很平静，就像是在讲述一个个故事，娓娓道来。在埃德文十三岁的时候，他曾在一个马戏团里工作过。那时他住在挪威东北部的一个小地方，每年夏天都有马戏团来到这个小山村。当马戏团的拖车驶过他们家的大门时，他就立刻冲出去加入了他们。当时的工作没有任何报酬可言，只有几张免费的票和免费的爆米花，但这对那时的埃德文来说已经具有足够的吸引力了，而且他的工作很有趣。每天，他拿着水壶给动物喂水喝，并在木板和电线杆上张贴海报，海报上写着"世界艺术家""仅限两晚""来自世界各大洲的美丽动物"等内容。当埃德文用餐结束后，柳迪娅再一次开车送他去火车站。在去火车站的路上，柳迪娅觉得有必要告诉埃德文，她很感谢昨天他的陪伴和帮助。一路上她都在思考该怎么开口，但当他们到达车站时，火车已经在等着了。柳迪娅没有等到合适的时机说出她想说的话，只能挥手告别。当柳迪娅回到家时，她去后院把一些衣服挂了起来。衣服挂好后，衣架在微风中摇摆，衣架的金属挂钩和挂线摩擦后发出呜呜声。一阵风吹来。柳迪娅站在那里，注视着远处西边的山脊，那里的落日仿佛是地狱的红色，太阳只在云层后面出现了一点边。突然间，柳迪娅觉得自己穿得有些单薄了，她没有穿内衣，裙子下的乳房裸露着。

穿过平原雪地的女人

柳迪娅有些颓废地坐在客厅的椅子上。她一直穿着外套,她的衣领没有扣子,总有寒气随着冷风钻进来。今天是周末。柳迪娅开始思考过去几天她都经历了什么?她曾从一只长毛腊肠犬的皮毛中取出了一个钻头,切除了一匹马的耳朵上长出的东西,并帮它清理伤口。她还无意中听到了一些和她并不相干的谈话。两位农民详细谈论了蒂萨·埃斯洛尔的悲剧,他们口中的此事是1988年发生在奥匈帝国的一件可怕的事情。柳迪娅不确定他们是否读了同一本书或看了同一个电视节目,她想知道为什么他们一开始就在谈论这个问题,不过他们看起来都认为这件事令人兴奋,这是他们缓解和暂时逃离压抑日常工作的一种办法。在另一个农场里,当她在木桶上洗靴子时,一位兽医对她谈起了不同种类兔子的品质。回到诊所后,有两个年轻人各带了一只兔子来检查,虽然柳迪娅当时已经换班了,但她还是帮忙查看了两只小兔子,做了简单的检查,和它们的主人进行了友好的交谈。

柳迪娅和那两个又累又饿的孩子聊了半个小时,并告诫他们要改变喂兔子的方式。当柳迪娅离开诊所时,外面正在下雪。大雪在傍晚的路面上铺了一张白色的毯子。当她走到停车场时，有一个男孩站在那里盯着她。他没有说一句话，但看起来好像是在挣扎和烦恼着什么。直到柳迪娅问他是否有什么可以帮忙的，他才结结巴巴地说，他发现了一只受伤的小狗，把它放在了树林的一个小屋里。柳迪娅让他上车，告诉他，她会想办法照顾好这只小狗。当然了，其实最简单的办法就是对小狗进行安乐死。然而，柳迪娅想到了那匹马，当然也考虑到了那个男孩的心情。她给小狗打了一针，然后对伤口进行了处理，给它的左腿进行了包扎，这种做法给不了解情况的小男孩带来了希望。她把手放在狗身上，告诉它，现在它只需要休息，也许需要三天。她向小男孩承诺每天都会来检查小狗的情况。小屋外面是一片小树林，现在已经是晚上了，夜色看起来是如此美好。柳迪娅想说些什么，但现在不是说陈词滥调的时候。相反，她问小男孩叫什么名字。他告诉柳迪娅，他叫约翰。而柳迪娅说她的父亲也叫这个名字。然后，她开车把约翰送回了家，她把车停在门口后让他赶快回家。

　　柳迪娅回到自己家后，立刻疲惫地坐在椅子上。她看到一只小虫子误入这个房间，是一只灰色的小虫子，它不应该出现在现在这个季节。它疯狂地朝着玻璃窗撞去，拼命地跳动，仿佛它已经忘记了自己的本能。第二天早上，柳迪娅去看了看那只小狗。它依旧躺在昨天他们离开时相同的位置上，正在无力地喘息、抽搐着。它的生命还没有结束。约翰比她到得更早，他给小狗摆了一碗水，还在旁边放了一个杯子。柳迪娅已经尽力了，她走到小屋外面。树林里，树影重重，她看着那些秋日里已经干瘪发黑的花楸树。这幅景象勾起了柳迪娅童年的记忆。自从上大学和工作以来，她第一次被思乡之情笼罩。她仿佛看到了她的父亲正从林间朝她走来，闲庭信步。父亲的脸没有任何变化。他站在一棵老山楂树边。柳迪娅很想给父亲打个电话，但她又不知道该说些什么。

周末，柳迪娅被邀请去西古尔德·勃兰特的家中。勃兰特从黑暗的走廊里走了进来，说请柳迪娅来认识一下他的家人。过了一会儿，她和她的老板勃兰特、老板的妻子露丝，以及女佣阿尼坐在一起用餐。勃兰特的家充满了和谐温馨的氛围。柳迪娅看着自己盘中的猪排和醋汁，觉得这是一顿高品质的饭菜。但这种饭菜强烈的香味对柳迪娅来说是陌生的，让她感到胃部不适。柳迪娅喝了几口水，也没有缓解这种不适。柳迪娅注意到，露丝在提到她的丈夫时，一直在说他的姓氏，而不是名字。例如，"勃兰特对食物很有研究"，"勃兰特说了很多关于你的好话"，"勃兰特从来不看电视"。不过所幸今天的用餐氛围很好，餐桌谈话也进行得很顺利。当柳迪娅告诉大家她的家乡时，大家都被邻国的北部小城吸引了。他们谈到了这个国家的冬天是多么寒冷，谈到了他们儿子的学业，以及最近刚刚搬出去的两个女儿，一个在澳大利亚学习，另一个结婚后定居在特隆赫姆。露丝还提到了布劳特恩的马。她说她支持柳迪娅的决定，并说农场里的一些人不能理解。柳迪娅感谢他们的支持，尽管她不确定露丝所说的农场里的人指的是一般的农民还是那些愤怒的养马人。不过，最后她也补充说，一个人面对失去他心爱的动物时，肯定会有不好的情绪。

晚饭后，大家打起了牌。在柳迪娅看来，她在勃兰特家，特别是从露丝身上感受到的一些生活中的小细节，使她不禁意识到，她自己大约并不是一个人们传统印象中的"典型"女人，因为占据她主要时间的事务、她所从事的职业，都非常不一般，而且她非常不喜欢被别人打扰。勃兰特和他的妻子非常热情，当午夜十二点的钟声响起时，柳迪娅才反应过来时间已经这么晚了。勃兰特送她下楼，并感谢她的来访，还欢迎她随时再来。他们握了握手，然后勃兰特一直挥手示意，直到她开车离开。

在回家的路上，柳迪娅决定再去检查一下小狗的情况。她把车停在沟渠边上，穿过白雪覆盖的田野，向树林走去。周围的一切都在寒冷而明亮的月光下闪闪发光。在小屋里，她在小狗身边蹲下。她听着小狗呜咽的声音。这时，一股温柔的暖流湿润了她的手心，小狗轻轻地舔了她。她被这突如其来的举动吓了一跳，站了起来。一绺头发松开了，滑落在她的脸旁，她试图把它系上，但却怎么都弄不好。她想，她已经尽力了，如果埃德文现在也在这里，就可以看出来，她其实在撒谎。那天晚上，她和马在一起的时候其实非常痛苦。但埃德文展现出了一副有耐心的样子，这正是她所需要的，可以像一个善良的陌生人那样，尽可能地帮助他人。柳迪娅不知道她还能做些什么。

第二天，约翰意外地出现在诊所。他坐在柳迪娅办公室的门口，那只小狗则坐在他旁边。小狗看起来因为柳迪娅的救治已经恢复了健康。柳迪娅弯下腰，用手掌抚摸了小狗的背部，她在小狗的骨头上仔细摸了摸，发现一切都很正常，没有问题。

柳迪娅的内心感到非常满意，她拍了拍约翰的肩膀。她有种感觉，这个男孩正在把她拉入一个更加庞大的计划中。实际上她一开始是想将这只狗送向死亡的终点，而且她也不相信会发生任何奇迹。但为了保护孩子的童心，柳迪娅还是点了点头，告诉他是他们一起让小狗恢复并重新站了起来，这确实是一项壮举。约翰笑了。

约翰表示，他想用柳迪娅父亲的名字给这只小狗命名。柳迪娅点了点头，表示同意。这时，她注意到他的下巴上有一道短的白色伤疤。她伸出手，用手指尖轻轻地摸了摸。约翰的脸颊一热，低头斜眼看了看，似乎想看看柳迪娅的手里是不是藏了什么东西，为什么自己会觉得这么烫。

双重压力

万里无云的一天过后,天又开始下雪了。柳迪娅躺在客厅的棕色布艺沙发上,她的头向后垂在边缘,双手放在脖子下;这个姿势相当不舒服,但她没有动,她看着窗外白色的雪花。柳迪娅开始做梦。梦里,柳迪娅正在路上行走。她清楚地看到了一个男人的脸,那是一张充满警惕的男人的脸,被阳光晒成了古铜色。男人有一个宽大的下巴骨、宽大的鼻子,下巴上还有一道疤痕,他还有一双灰色的眼睛,正一眨不眨地审视着她,好像在寻找什么。他点燃一支烟。这让她感到安心。男人嘴里叼着烟的形象总是会让柳迪娅感到安心。有一次,柳迪娅无意中听到了父亲和母亲之间的对话,他说了一些关于父亲对子女的照顾需要保持距离的内容,因为距离可以产生信任。

柳迪娅从小就明白,她的母亲一直被痛苦折磨,而且她很容易流泪。当她还是个小女孩的时候,就一直尝试着小心翼翼地接近自己的母亲。"要与自己和平相处"——这是她母亲的座右铭。但"与自己和平相处"就等同于否认自己是周围一切的一部分。有时,在这种生活模式下,柳迪娅觉得母亲和父亲的婚姻是一种契约式的结合,母亲和父亲过着各自的生活,有各自的天赋、各自的兴趣、各自的快乐。但他们共同的悲伤和忧虑，以及各种逆境，让他们能够站在一起，变成一体。但柳迪娅依稀记得，好像有个名叫拿破仑·柏格桑[①]的哲学家、作家曾感慨："难道人们只要能够坐在一起，就能把悲剧变成喜剧吗？"

---

① 原文为 Napoleon Bergson。

一个搪瓷碗

柳迪娅决定回家去看看她的父母。她不知道自己为什么会做出这个决定。没有人邀请她,回家对她来说也没有什么特别大的吸引力,而且现在这个季节也不适合长途驾驶。无论天气如何,只要有几天假期,她就能够收拾好行李箱,在保温瓶里装满咖啡,然后开车踏上回家的路。柳迪娅想起了童年时的一段记忆。那是一件很小的事。一个夏天,柳迪娅正在工作,她看到爸爸站在窗前。他转眼看向门口,又对着房间嘀咕了几句,仿佛没有注意到她。柳迪娅想,爸爸站在那里不冷吗?然后,她转过身,匆匆走出房间,来到屋外,她满脸尴尬地把一些未吃完的水果扔进后面的堆肥箱。柳迪娅不明白为什么要这样做。

柳迪娅在车上的无线电频道中搜索。她终于调出了古典音乐频道,然后才系上安全带,开车上路。傍晚时分,当她在漫天飘雪中慢慢接近他们家的农场时,她感到非常压抑,难以呼吸,她也不知道为什么。柳迪娅并不期待回家。爸爸可能希望有一天柳迪娅能接手这个小农场,甚至在她离家读大学的时候,他也向她暗示过未来这件事的可能性,希望她能够"清醒"过来,选择之后经营这个农场。母亲的态度则比较暧昧,她非常热衷于强调她对丈夫意见的蔑视，但也很清楚，至少在柳迪娅看来，她对女儿的能力和野心感到高兴。柳迪娅有自己的生活。还是他们都认为她有一天会回到曾经的状态是理所当然的？柳迪娅把车开进了花园。她感到眼眶有些湿润，喉咙很痛。她从后座上拿出行李箱，走到桶边。他们家厨房的窗户里亮着一盏灯。一个高大的身影靠着窗户伫立着，看着外面。不一会儿，那个身影消失了，门被打开了。父亲正站在门口灯的温暖光线中，柳迪娅感到心情有些沉重。柳迪娅站在父亲面前，放下了行李箱。父亲伸出手来，但柳迪娅没有理会，她挽上了他的胳膊。父亲提起柳迪娅的行李箱，和她一起走进大门。她一直穿着她的外衣，没有脱下来。他问她是否还好，问她是否还住自己以前的房间？柳迪娅点了点头，他拉着行李箱上了楼。她小声问父亲，母亲是否睡着了，但他没有听到。楼上的门发出吱吱声，然后是一片寂静。柳迪娅走进了客厅。她的手指轻轻地在一个搪瓷碗上划过，摸了摸印在上面的那把黑色的三叉戟。一把钥匙放在这个绿松石色的搪瓷碗里，柳迪娅拿起来，在手里挥了挥，但马上又放了回去。儿时，她经常站在那里，幻想着在一扇闪亮的大门后面藏着什么，也许是宝藏，从山里的地窖带来的宝贵财富，或者是血腥的海盗们的货物，从死者手中撕下的珠宝。她在那里站了很久，几乎无法正常呼吸。为什么她从来没有尝试过去寻找隐藏在家中各种家具里的东西？这幢房子里的一切都那么具体，那么有形，没有任何东西是不实用的。

父亲从楼梯上下来了。他突然打开了天花板上的灯。柳迪娅再次问起母亲，他似乎又没有听到。他用一种疑惑的眼神看着她，然后说："哦，亲爱的女儿，我向你保证，你的母亲一切都好。她只是睡着了,过去几周她太累了,就像她以前在冬天那样。最好不要叫醒她,但她会很高兴在第二天早上的餐桌上见到你。"然后那晚父女俩没有再继续交流,就互道了晚安。柳迪娅躺在床上,在倾斜的天花板下醒着。她躺在那里,感受着身体不断回暖上升的温度。窗帘是拉开的,她能看到外面的雪景。她想到了埃德文。他其实很讨人喜欢,而且他身上有一些不寻常的东西,给她留下了很深刻的印象。柳迪娅想,也许此刻他也醒了,也许他正盯着天花板,正在想着她。又或者他睡了,直到一个女人,或许是他的爱人翻过身来,在他的肩膀或脖子上寻找一个舒适的位置,继续睡去。然后她想起他曾说,她看起来像扮演阿曼先生的英格里德·图林[①]。她忘了问这是什么意思。她从未见过英格里德·图林扮演过男人。难道她看起来特别有男子气概?但她明白这是一种赞美。她试图尽可能准确地回忆起埃德文的脸,但他的面部特征已经从她的记忆里溜走了。

---

① 英格里德·图林(Ingrid Thulin,1926—2004),瑞典女演员。

一个善变的灵魂

房间里有股淡淡的丁香味,母亲睡得很香。午餐时,父亲解释说,他选择不对柳迪娅说她母亲的情况,是因为他不想在晚上打扰女儿,而且这也不是什么严重的大事。柳迪娅起初对这一做法感到不安,但她很快意识到,父亲这么做是为了照顾她。她拿着咖啡杯上楼,坐在她母亲床边的椅子上。这时,母亲终于醒了过来,当她意识到自己的女儿和她在一起时,她立刻从床上坐了起来,砰砰地敲打着床头柜。柳迪娅移到床边,问她怎么了。母亲整理了一下她的睡衣,解释说她的身体没有什么大碍,只是有点瘦弱。但柳迪娅并没有离开,她想弄清楚母亲到底怎么了。母亲说,医生已经来看过她,没有什么可担心的。达格玛抬起手臂,放在了女儿的脖子上。她说,柳迪娅的皮肤是如此光滑和温暖。柳迪娅再次将目光定格在床头上方的反光镜上。母亲说,柳迪娅应该上台表演,因为她是如此美丽。然后,母亲问柳迪娅,是否还记得她们两个人一起听广播剧时的美好时光?是的,柳迪娅没有忘记。那是在柳迪娅十岁时,母女俩常常坐在电视机旁,边听边喝茶或热巧克力。她们特别喜欢听五六十年代的老式广播剧,这给柳迪娅留下了深刻印象。聆听甘纳尔·布耶恩施特兰德[①]和伊

---

① 甘纳尔·布耶恩施特兰德(Gunnar Björnstrand,1909—1986),生于斯德哥尔摩,瑞典演员。

娃·达尔贝克①他们温暖而富有特色的声音，这让她感到心安。她们感受到了来自异国他乡和过去的时代的全新气息。她们睁大眼睛幻想广播剧里的剧情：好像闻到房间里有百合花的味道；某个村里教堂的塔楼正笔直地矗立在山脊上；那个拿着铁斧头的寒霜猎人，他要做什么？还有魔鬼塔尔图夫，他不是在第三幕才出现吗？当樱桃园被砍伐时，拉文斯卡娅夫人在想什么？

窗外是皑皑积雪，天空挂着一轮太阳，但并未带来什么温度，远处是绵延不断的山脉和森林。爸爸靠在拖拉机上坐着。柳迪娅觉得，或许这就是父亲的不可理喻之处。他其实为她的归家感到非常开心，但他又并未表现出来，仿佛有什么巨大而复杂的东西阻挡了这一喜悦的外溢。柳迪娅重新依偎在母亲身旁，为她煮咖啡。终于，达格玛在床上坐了起来。她伸手握住她的女儿，感受到她是多么安稳和强大。达格玛心里想，这真是太好了。母亲问她是否在挪威找到了自己的丈夫？柳迪娅点了点头。她说，她认识了一个真正聪明又努力工作的人。他比她年长几岁，但这并没有什么影响。然后，她向母亲讲述了自己的那幢白色的房子，以及那里的简单生活，还有约翰和小狗，以及隔壁房子里的男孩。那些男孩每个星期天都要花几个小时为邻近的一个农场的马匹上笼和梳洗毛发。母亲当然知道，正是这种对动物的热情导致了女儿繁忙而紧迫的工作生活。

第二天早上，柳迪娅沿着公路散步。一开始，她沿着一些平原上的直线和荒凉的路段行走。尽管有雪，但柳迪娅还是闻到了树木和森林的味道。一辆汽车从她身边高速

---

① 伊娃·达尔贝克（Eva Dahlbeck，1920—2008），瑞典女演员、作家。

驶过，然后是另一辆，但它放慢了速度，停下来，似乎在等待着什么。当柳迪娅走到车旁边时，车窗摇了下来，一个女人把头探了出来。她问柳迪娅，是否需要顺路开车带柳迪娅一段。柳迪娅心中的第一反应是说不，但她很快就改变了主意，同意了。柳迪娅搭上了这辆车。

开车的女人名叫艾弗尔，她和柳迪娅同龄，但两人之前从未见过面。柳迪娅说，她想要去商店，但商店在这条路相反的方向。艾弗尔说，要是像柳迪娅现在这么走的话，要走很长时间。开了一会儿后，艾弗尔把车停在一个休息区。她问柳迪娅是不是厄内曼的女儿？是的，柳迪娅回答。艾弗尔告诉柳迪娅，她听说了达格玛的事，她感到很难过。柳迪娅看着她，有些错愕地看着她。但为了不使这个陌生但亲切的女人感到不适，她点了点头，并没有继续说什么。柳迪娅觉得今天出门的决定是正确的，不然她不会知道这些新的事情和变化。柳迪娅歪着头，盯着车窗外。窗外什么都没有。柳迪娅感到有些苦恼，她不得不尽可能地隐藏起自己的情绪。幸运的是，开车到商店并没有花太多时间。这个小镇上装饰着各种各样色彩鲜艳的招牌。艾弗尔想等柳迪娅。柳迪娅下车买了一份当地的报纸，还有面包、牛奶和香蕉，东西装满了她的手提袋。回到车上后，她再次向艾弗尔表示了感谢。柳迪娅在思考该如何从这个陌生女人那里套出更多关于母亲情况的消息。柳迪娅说，她觉得发电站那边的景色很美，她可能有一天会去那里滑雪。艾弗尔在他们大门口把车停了下来，柳迪娅再一次说了声谢谢。她拿着自己买好的东西，走到家门口的楼梯前。在她进去之前，柳迪娅深深地吸了一口气。家中走廊里的落地钟嘀嗒作响，除此之外，整栋房子都很安静。父亲正坐在一把破旧的椅子上,背对着她,似乎在睡觉。柳迪娅走到厨房里,拿出一根香蕉。他们现在已经老了,她想。但他们在一起的生活给彼此提供了一种安全感。仿佛一切都是他们两个人共同拥有的东西,仿佛他们有一个共同的生活目标。在她的童年里,她从来没有仔细留意过父母的生活。夏天的阳台上、冬天的壁炉前,父母的谈话仿佛总带有一种共识,即便是两人相顾无言,沉默地坐着,他们之间好像也有一些理解和熟悉的东西。柳迪娅走进了客厅。父亲仍然无动于衷。柳迪娅想起了她在学校上学时课本里读到的那个男孩,那个看望祖父母的孩子。他回到家里的时候,发现他的祖父躺在床上已经死了,他在黑暗中爬到祖父身边,看着老人逝去的模样。如果没有母亲,她的父亲会发生什么?如果她不在了,他的日常生活将会变成什么样?这时,父亲约翰仿佛从一个噩梦中醒来,茫然失措。他用沙哑的声音问柳迪娅去了哪里。柳迪娅说她出去散步了。柳迪娅问父亲,母亲是否病得很严重?父亲站了起来。他看了看墙上挂着的日历。后面的墙上挂着一支猎枪和一件深色亚麻布的旧弹匣。他把手放在她的肩膀上,告诉她,她的母亲确实生病了,但没有什么可担心的。她正在康复中。然后,父亲拍了拍她的脸颊,消失在走廊里。柳迪娅听到他穿上了自己的靴子。柳迪娅觉得放宽了一些心。柳迪娅走到母亲床前,但她已经睡着了。外面开始刮风了,风吹进了房子的各个角落。柳迪娅最喜欢夏天。夏天的时候她可以外出爬山,她的脑子里充满了各种梦想。她喜欢爬上陡峭的山脊,穿过小树林走进大片空地,还会环抱森林中巨大的树木,抬头看着大树繁茂的树冠几乎占满了天空。柳迪娅经常双手抱头仰卧在草丛中。在她十几岁的时候，她经常躺在树林中静静地呼吸、思考和幻想。柳迪娅认为在某种程度上，这里是她一切思考的起源。

柳迪娅将手放在胸前，看着窗外的父亲。父亲正站在雪地里，他背对着她，似乎在摆弄着什么。他打开手电筒，苍白的光束打在工具箱后面的树梢上，然后放下，开始在雪地上缓慢地滑行。他在寻找什么呢？在他们家的小农场周围的雪地上遇到狼的足迹并不稀罕，尤其是在漫长的寒冬中。

千年的旅程

　　柳迪娅母亲的坟墓旁边有一片黑乎乎的青苔。柳迪娅挽着父亲的胳膊站在最前面，村民们站在他们身后。柳迪娅回头看了看其中的几个人，这里有艾弗尔和他们家族里的一些老朋友。阴霾的天空下，牧师正在致辞，他的语气非常感人，然而奇怪的是，没有一个与会者在听到这段感人的致辞后落泪。母亲的棺材被缓缓落下。父亲约翰在自家的农场里举行了葬礼后的招待会，他给来参加葬礼的人招待了猪肘子与卷心菜的餐食，还有白兰地和矿泉水。柳迪娅坐在桌前，向父亲举起酒杯致意。父亲对她点了点头，喝下了自己杯中的酒，苍白的脸上充满了难过的神情。

　　葬礼仪式结束后，柳迪娅就回到了挪威。起初，柳迪娅不确定父亲是否需要她的陪伴，但她很快就释怀了。父亲只是走来走去，喃喃自语地说，他不会有事的，他从来没有依赖过任何人的帮助。柳迪娅心中虽有愧疚，但还是决定离开。她洗了澡，打扫了屋子，收拾了自己的东西，在出门的时候，她抱了抱自己的父亲，但能看出来父亲的不情愿。当她身后的门关上时，她觉得她听到了冰冷的回声。柳迪娅坐上车，迅速望了一眼后视镜。父亲也正从厨房的窗户向外看。她原本打算不作停留，一路向南行驶，但就在到达哈马尔以北的时候,她不得不停下来加油。当站在加油站里,她仿佛听到她的父亲正在和她说话。父亲用粗暴的声音对她说,他需要一个朋友,一个信任他并且不认为他是个坏人的人。柳迪娅觉得有些头晕。她应该回头吗?她不知道该如何面对自己的父亲。父亲说他需要她不讨厌他。柳迪娅竖起衣领,顶着寒冷的风,盖上油箱盖,然后去付钱。

在她回到车上的路上,一只松鼠突然跳到她的头上。然后它又飞快地跳了下去,跑到开阔的道路上了。柳迪娅被吓了一跳。这时,一辆卡车从公路上转弯,缓缓地开了过来。为了让松鼠离开,柳迪娅不得不向前跑去。她一不小心滑倒在地,还被汽车撞到了。柳迪娅被撞得仰面朝天摔倒在泥地上。虽然撞击并不严重,但她的头还是撞到了路边的土堆。她努力从地上爬起来,吞下了嘴里的唾液,似乎有铁的味道。她低头看了看自己的手掌,上面都是血,视力也变得有些模糊,耳边嗡嗡作响。这时,一个男人向她跑来。她便一头栽倒在地,无法动弹了。柳迪娅梦见自己正在洗漱,一直洗到满脸通红。她仿佛听到了母亲的声音。母亲告诉她,一定不要忘记在圣诞节期间去看望她的父亲。这是一个命令吗?醒来后,柳迪娅发现自己身处孤儿院。她在房间里走来走去,打起精神,打量周围的每一件物品。她打开一扇门,来到了后院。母亲正坐在躺椅上。她深情地看着自己的女儿,说出了这个名字:柳迪娅。她是一个美丽的女孩,但有点瘦。

爸爸现在怎么样了呢?柳迪娅迷迷糊糊地睁开了眼睛。一条毯子盖在她的肩膀上。她忽然产生了一种奇怪的紧迫感,脸上有些零零星星的寒意,似乎有雪花掉落在她的脸上。一个陌生人将柳迪娅搀扶了起来。他用沉重而粗糙的手抚摸着她的头发。

原来，此刻柳迪娅正在医院里。在医院等待医生给她看X光片结果的时候，柳迪娅感到自己好像如超人般无法忍受接近来自母星克里顿的碎片。超人触摸发光的绿色晶体不是真的会使他失去超自然的力量并死亡？房间窗户下的散热器传来微弱的嘶嘶声和嗡嗡声。柳迪娅现在搞不清楚自加油站发生的那件意外事件后，已经过去了多长时间。她看到周围的天色应该是晚上，但她不知道过去了多少天。柳迪娅想到了埃德文，然后她想到了在未来会遇到的所有人，虽然她不知道他们是谁，也不知道他们现在身处何方，但这样的想法让她感到十分振奋。一个与柳迪娅看起来同龄的女人在病房里，她是这里的医生，手上拿着一张X光片。柳迪娅认真地听着医生的话，感觉自己很幸运：只是轻微的脑震荡和两根肋骨骨折，仅此而已。医生问柳迪娅感觉如何。柳迪娅说对这个结果感到很庆幸，并礼貌地拒绝了在医院留夜观察的建议。柳迪娅想回家。她渴望独处。她因母亲去世而带来的悲痛已经被很多不重要和不相关的琐事淹没了。

一些关于天气的乡间常识

当你发现猪晚上不休息时,第二天就会有雨。当田间青蛙的数量突然变多时,很快就会有雨。当跳蚤、苍蝇和蚊子开始四处出现时,很快就会下雨。

但是,如果大量的蚊子夜间疯狂飞舞,可能要到第二天才会下雨。如果雷暴在傍晚时消散,第二天就会无雨。

蜘蛛勤劳地编织,预示着天气情况稳定,会一直是晴天。但如果它们懒洋洋地睡大觉,就意味着快要变天了。如果它们仍在雨中继续织网,那么这段刮风下雨的时间就会很短。

当燕子在晚上飞得很高,你几乎看不到它们时,第二天一般不会有雨。如果它们飞得很低,几乎用翅膀擦过地面或水面,那么很快就要下雨。

蚂蚁和甲虫会在暴风雨来临前好几个小时做好准备。

如果狗吃草,发出呻吟和难闻的气味,那就是要下雨的前兆。

猫在咬草叶或磨爪子,也说明接下来天快要下雨了。

如果喜鹊在高处筑巢,那么这个夏天将会是一个雨水较多的季节。如果喜鹊在低处筑巢,说明这个夏天大部分时候都会是好天气。

如果你看到村里的鹅和鸭子聚集在一起,说明它们在准备迎接即将到来的大雨。

如果草地中的蚱蜢跳得低,你可以期待好天气;如果它跳得高,就会有坏天气。如果你在日出前早早听到蟋蟀的叫声,那就预示着天要下雨了。

成片聚集的海鸥预示着风暴将要到来,因为这种天气前它们会成群结队地逃往陆地,并在那里筑巢。

明媚的夏日

像往常一样，柳迪娅早早就醒了。有一瞬间，她忘记了自己身在何处，但当她恍然大悟，知道自己是在家里的床上时，她心里一下子安定下来。她的身上还打着绷带，绷带紧紧地围着她的上半身，正好系在她的胸部下方，一个肩膀上还有一条带子帮助固定。虽然房间里很冷，但她昨天还是裸睡了。她觉得身上并没有太大的疼痛感，只是有轻微的酸痛感。她穿上毛衣和T恤，到客厅里把炉子烧起来。当她坐在那里等炉子烧起来的时候，喝了一杯黑咖啡，吃了几个加了黄油和泡菜的燕麦饼。然后她洗了澡，小心翼翼地穿上衣服，驱车前往诊所。路边的雪已经开始融化了。柳迪娅绕过市政大楼的拐角处，看到一个男孩正穿过大门，是约翰。她轻轻按了按喇叭，向约翰表明了自己的身份。约翰站起来，有些疑惑地看着那辆车。很明显，他不想跟着她走。她摇下车窗，问他要去哪里。他告诉她，他赶不上公交车，总是迟到。

柳迪娅说会帮忙送他，请他上车。于是约翰小心翼翼地打开车门，坐到副驾驶座上。她问他最近过得怎么样。约翰说他妈妈认为他做了很多调皮捣蛋的事情，说她无法忍受那只小狗。他悄悄地把小狗养在家里，但还是被妈妈发现了。约翰的妈妈在他的床下发现了那只狗，说那只狗生病了，可能有点感冒。那只狗现在在哪里？男孩满面愁容，轻轻地说："它已经被兽医杀死了。"于是，柳迪娅在学校停下车，问他今天什么时候放学，和他约定好会在最后一节课后来接他。柳迪娅也不明白自己这样做的出发点是什么，但她认为此刻需要这样做，这不是为了要让他依赖她，而是希望他知道，他可以信任她。柳迪娅似乎对自己的母亲也缺乏这样的信任。一个人如何能够认定自己获得的东西是属于自己的？一个人如何能够知道自己能够从何处获得自己需要的东西？

当柳迪娅到达诊所时，她把车停在空旷的停车场。外面偶有微风，但树梢却一动不动，周围的一切都静悄悄的。柳迪娅走下车，把双手放在车顶上，张开手指，感受着微风。她眯起了眼睛，仿佛看到了即将到来的夏天。

柳迪娅好像已经闻到了夏天绽放的罂粟花和薰衣草的味道。她想起了自己家的小农场，夏日的阳光下，农场里干粪的气味，蜜蜂嗡嗡作响。父亲站在她的身边，用手遮住她的眼睛。父亲的身上有一种神秘和压迫感。但其实即使在最阳光明亮的夏天，父亲也总是更愿意一个人待着。

柳迪娅喜欢待在诊所。诊所里有研究不完的东西，这些都是实实在在的可以让她定下心来的东西：磨砂玻璃门的实验室、长椅、药瓶、闪亮的医疗仪器。这里的同事和她有共同职业，和他们共事是非常愉快的。这是一个不可预测而又忙碌的世界，这里没有模糊的幻想，没有闲情逸致，只有狂欢和失败，还有秩序。

当柳迪娅走进办公室的大门时，她看到一脸担忧的勃兰特。看到柳迪娅后，他立刻用手轻轻地拍了拍她的肩膀，并向她敬了一杯酒。然后，他们一起走进他的办公室，他的办公室里家具很少，中间只有一张破旧的办公桌，书柜里的活页夹堆满了文件，还有几个沉甸甸的纸箱里装满了废弃的设备。勃兰特坐下后看着柳迪娅笑了笑，开始问她关于约翰的情况，问她是否熟悉约翰，是否与约翰的母亲谈过。柳迪娅回答说，她只是一开始救助小狗时见过约翰，她对之后小狗的事情还有约翰的父母一无所知。勃兰特告诉柳迪娅，约翰的父亲是个懒汉，而且多年前就离开了约翰和他的妈妈。勃兰特还说，约翰的妈妈是一个很难缠的女人。柳迪娅告诉勃兰特，她半小时前和约翰说过话，勃兰特问他是否提到了关于他妈妈的事情。当他听到肯定的回答时，他靠在窗边，把拳头倚在窗台上，好像窗外有什么东西引起了他的注意。勃兰特告诉柳迪娅，受伤的小狗就是被约翰的母亲发现的，而她一开始甚至不愿碰它，连把它放在塑料袋里都不愿意。虽然这不是什么好消息，但是柳迪娅却感到松了一口气，因为她确定不是这间诊所里的人杀了那只小狗。尽管消息很严肃，但柳迪娅感到一阵轻松。柳迪娅想到男孩茫然的表情，明白他其实是在刻意忘记自己的母亲，而且对自己的母亲表现出了近乎厌恶的感情。这让柳迪娅想到了自己的母亲，她感到有些难过。勃兰特最后说希望她度过了一个愉快的假期，不过现在他们都需要开始工作了。柳迪娅点点头，离开了勃兰特的办公室。她走到自己的办公桌，和实习生伯德聊了几句。伯德负责每天的预约工作，他将一张便签条递给柳迪娅。柳迪娅得去几公里外的农场看诊。她看了看时间，确定可以在约翰放学前回来后，就打算外出看诊。这时，伯德叫住了她，询问是否今天可以和她一起出诊，反正今天他大部分的工作已经完成了。柳迪娅说可以。

前往农场的路上柳迪娅询问伯德，为什么不愿意回家，因为工作完成后他的时间是自由的。伯德说他更愿意用这些时间来学习，希望向她学习。那座农场离得有些远，在一座山上。他们开车在蜿蜒而狭窄的道路上不断前进，路边是高大的云杉树，遮云蔽日。虽然今天外面有太阳，但他们就像是在一个光线昏暗的隧道内行驶。伯德坐在车里哼着小曲，看起来心情很好。柳迪娅发现，他的身上总是有一种轻松自在的感觉。柳迪娅和伯德的日常工作交集不多，但每当他们在诊所里擦肩而过时，或者在茶水间喝咖啡时，伯德也会和柳迪娅热情地打招呼。

到达农场时，农场主正坐在一个大木桶上等待他们。他和两人简单地打了个招呼，然后带着二人来到猪圈。一头母猪正躺在那里沉重地哼哼唧唧，一群小猪在它身边爬来爬去。很明显，这头母猪正在遭受痛苦。隔壁的猪圈里，几头猪趴在地上，也在哼哼唧唧地咕哝着。农场主在母猪面前跪下，轻轻地拍了拍它。柳迪娅有些疑惑，为什么他什么都不说。伯德好像看出了柳迪娅的想法，便拿着器具进来，小心谨慎地帮母猪测量了体温，然后转向农场主，耐心地询问他在母猪生产过程中是否需要帮助。农场主说话的声音特别小，用几乎是喃喃自语的声音告诉他们，母猪的生产过程可能会不太顺利，他觉得有义务去帮助它。伯德用酒精清洁了双手，然后开始准备医疗工具。农场主有点怀疑地看着柳迪娅，他问她是否也应该帮忙检查一下母猪的情况。柳迪娅回答说，没有必要，只要给母猪服用止痛药和消炎药即可。

返程的路上，天色大变。一阵闷热潮湿的微风吹过后，一道闪电在山脊上划过。不一会儿，伴随着隆隆的雷声，山上开始下雨了。伯德嘀咕说每年这个时候的雷雨天气都很奇怪，来得莫名其妙，没有规律。伯德问柳迪娅是否愿意和他一起吃个饭。他一边问，一边看向窗外，一副漫不经心的样子。然后，他又开始哼歌，或者是为了展现他的成熟男子的风貌。柳迪娅低声笑了笑，然后回答说她很乐意和他约会。他看着她，笑了笑。她微笑着回应。然后他们都把目光转向前方，他们都没有说什么，直到回到诊所。

无所事事的星期天

伴随着十二月的到来，寒冷的空气再次来袭。洁白的雪花从空中落下，这些细小的晶体在降落到地面之前就蒸发成了冰冷的雾气。路上的行人都在一边走路一边打喷嚏。如果把眼睛睁大，会被冬日强烈的阳光刺痛双眼。接下来的日子里，柳迪娅和约翰常常待在一起。她有时会在放学后去接约翰，然后他们开车回家一起吃饭，或者柳迪娅准备好打包的食物，两人一起去滑雪，或者去某个峡湾的湖泊钓鱼。对柳迪娅来说，这种生活状态令她感到非常新鲜。柳迪娅很快就意识到，她正处于一种不明确的关系之中，而这种不明确的关系围绕着他们的友谊，这让她既坦然又有些不知所措。另外，伯德和柳迪娅的约会也迟迟未能找到合适的日子进行。他们需要找到一个双方都方便的晚上碰面。那次拜访养猪人之后，他们就没怎么见过面了。

伯德现在正在城里准备考试。他在诊所上班时，又赶上柳迪娅的休息日，或是在帮忙照顾约翰。一个周日的晚上，时间已经很晚了，伯德突然打来电话。他建议二人下周二一起出去旅行，那时他们都没有工作。柳迪娅说可以。挂了电话后，柳迪娅躺回沙发上。她闭上眼睛。她又做梦了，梦到自己身处一架飞机上，这架飞机穿过云层不断上升。然而，几秒钟后，她就看到机身上出现了一个晃动的身影。醒来后，她起身去了浴室。她在黑暗中刷了牙，在浴缸边坐下。飞机上的身影是谁？是母亲吗？她对着空气提问。然而，并没有人回答她的问题。柳迪娅又回想起母亲下葬的那天，她的父亲走在回家的路上，是否也会有一种被遗弃后空虚的感觉。一个人失去了一起生活了很久的伴侣时，就会感到空虚和无助，孤独感会蔓延你的全身。父亲在农场里独自生活，还没有人可以照顾他。也许她应该给他打电话，和他谈谈，但这有什么意义呢？然而，如果父亲想要和她沟通，则必须主动起来，告诉她，他希望女儿能够向他倾诉，或立即进行忏悔。然而，柳迪娅觉得是父亲的严厉和沉默扼杀了他俩之间的关心。因为父女间沉默有一个明显的"好处"，它会使人们逐渐失去沟通的欲望。在青少年时期，柳迪娅曾经梦想着能够拥有一个全心全意欣赏她一切的男友。但是，她没有把这个愿望告诉自己的父母。因为她知道，自己的这些梦想并没有什么意义。一个人应该过着"体面"的生活，而所谓"体面"的生活就是自己过好自己的日子，尽量不要被别人太过关注。但是，父亲身上的问题又如何影响到了她？或许父亲也在不断地学会接受现实？是不是随着年岁的增长，他开始逐渐意识到，人生中的每一个行动、每一次失败的经验，或每一个欢乐时光的发生，都无法被提前安排，更不会如计算机提前计算好的那样发生？

一道微光

那天晚饭后,伯德和柳迪娅一起乘坐出租车回家,然后他们在家里又开了一瓶酒。酒后,柳迪娅拖着肋骨处依然隐隐作痛的身躯,和伯德充满激情而又有些艰难地做爱,然后相拥着一起入睡。第二天一早,两人之间好像突然变得有些尴尬。伯德在离开前向柳迪娅表示感谢,他不仅拥抱了她,亲了亲她,还和她握了握手。这令两人之间的气氛越发尴尬起来。回到床上后,柳迪娅伸了个懒腰,面对刚刚伯德那样孩子气的行为忍俊不禁。这件事发生得比他们预想的还要快。但柳迪娅知道,对她来说,这并不是什么大不了的事,他们两个人不会有什么结果。与其说他们有感情,不如说他们是在对彼此表示尊重。柳迪娅发现伯德把他的棕色大衣落在了她家里。她在走廊的鞋架后面发现了它。她把大衣放在了厨房的桌子上。没过多久,约翰过来了。她曾答应带他一块去河边旅行。但由于伯德那天的行为,她把这件事忘记了。约翰是坐公交车过来的。约翰把滑雪板也带了过来。柳迪娅问约翰饿不饿,是否要提前吃些东西。因为他们将在雪地里度过漫长的一天,还是先吃些东西为好。约翰说早上过来得匆忙,什么都没来得及吃。于是,柳迪娅切了面包,用花生酱、火腿和黄瓜片做了两个三明治。柳迪娅在想，约翰是否知道三明治是由一个叫约翰·孟塔古的人发明的，他被称为"第四代三明治伯爵"。另外，约翰·孟塔古生活的地方叫桑威奇镇，那里离坎特伯雷不远。而大主教托马斯·贝克特则被亨利二世四位忠诚的骑士刺杀身亡？以上这些信息其实没有什么意义。是的，他们现在应该趁着天还亮出发去滑雪了。

  他们在雪地里一起玩耍了很长时间，直到两人都累得气喘吁吁的。约翰这段时间似乎成长了不少，但看起来心事重重的样子。他把自己的滑雪板挂在旁边的一个矮树桩上。柳迪娅走过来问他，是不是有什么心事。约翰没有回答，而是反过来问柳迪娅是不是家里来客人了。柳迪娅眯起眼睛看着他。她说她应该开车送他回家了。现在外面变得越来越冷，太阳也开始落山了。柳迪娅背着滑雪板，开始朝停车的地方走去。约翰突然开口说，他在她家厨房的桌子上看到了那件大衣，但是大衣并不是柳迪娅的，对吗？柳迪娅把滑雪装备放进后备箱里，然后他们上了车。在回家的路上，他们都沉默不语。只有当柳迪娅在约翰家的房子前停下时，男孩才开口和她道谢，告诉她今天下午他玩得很愉快，他希望能够很快再见面。柳迪娅让他去家里帮她拿点热水。这时，不远处的雪地里，好像又出现了一个懒洋洋的身影。约翰家门口的灯亮了，有一个女人出现在门口。柳迪娅又和约翰聊了几句。他们没有谈到狗，也没有谈到他的母亲。突然，约翰问了一个关于她的非常私人的问题。他的声音听上去有些不高兴。不，这可能只是一个青少年突然涌出的一股好奇心。

火箭人

圣诞节的时候柳迪娅也要工作。只有从圣诞节的第三天起才能开始放假。她把约翰叫到家里一起看动画片，约翰还带来了一台游戏机，并将其连接到电视上，这样他就可以向她展示他的游戏了。在这段时间里，柳迪娅也偶尔会和伯德在一起。他们一起喝酒，做爱。这种关系让柳迪娅想起她在学生时期的那种不稳定的开放式关系，它不会培养出那种日益增长的感情。元旦期间，柳迪娅又放了几天假，她利用这个机会开车回到北方看望父亲。去之前，她打电话征询了父亲的意见，父亲似乎也希望自己的女儿能来看望自己。

当柳迪娅到家的时候，她发现这里的一切一如往日，没有任何变化。父亲站在屋外的雪地里，他们俩略显尴尬地握了握手之后，柳迪娅走进家门。屋子里有一股食物的味道，也有不少灰尘的味道。柳迪娅看到一周前的报纸被随意放在椅子上，衣架上满是烟灰和油污。没有任何迹象表明父亲刚刚过完了一个圣诞节。柳迪娅选择不对他的这种消极过节的态度进行评论。她走进厨房，开始打扫。父亲看着她，告诉她，现在母亲不在了，这里的桌子一下变空了不少。柳迪娅洗干净了碗，然后把杯子和盘子放在橱柜里，把餐具放在抽屉里，最后洗了洗手。

父亲说话时身体有些抽搐，动作看起来就像是那些声称能与死者交谈的灵媒。柳迪娅摸了摸父亲的头发，告诉他应该理发了。半个小时后，柳迪娅将毛巾从他肩膀上拿起，拂去他脖子上的碎发，告诉他已经帮他剪好了。父亲站起来，一言不发地离开了浴室，留下椅子，好像恢复这里的家具摆设都不是他的责任一样。柳迪娅帮父亲冲洗了头发，但是父亲的头发太少了，已经无法覆盖住头顶了。柳迪娅觉得自己的脾气变好了，而这也是他们父女关系缓和的一个迹象。她知道至关重要的是，她也无法让自己的脾气变得更好。

柳迪娅走进父亲的房间，看了看他。理完发后，父亲就直接上楼睡觉去了。然后，柳迪娅回到楼下的厨房里，从那个绿松石色的搪瓷碗中取出钥匙，果断地将其插入门锁中，打开了厨房里那扇她从来都没有打开过的橱柜的门。她已经等待了多少年？现在，所有的秘密都将被揭晓。柳迪娅知道，即使没有这把钥匙，她，如果有必要，也会把这个柜门上的锁撬开。她会用一把坚固的螺丝刀，或其他能够使用的工具把门撬开。拉开柜门，柳迪娅发现其实这个壁橱里没有什么了不起或奇怪的东西。柜子有两个架子，在架子的顶部，整齐地摆放着一个玩偶和其他东西，分成两堆。下面的架子上，立着一个大木板，上面摆放着过时的圣诞装饰品。另外，还有一个小柜子，上面没有上锁。柳迪娅把它搬进了厨房，放在餐桌上。小柜子里没有信，也没有日记，甚至没有明信片或几张被遗忘的纸条，只有几本关于农业机械和发电厂的旧宣传广告册，还有儿童游乐场的传单，以及一张皱巴巴的电影海报。难道是柳迪娅的父母有先见之明，提前把任何可能保留他们的隐私的东西都拿走了？柳迪娅小心翼翼地拿出了电影海报。这张曾经艳丽光鲜但现在已失去光泽的海报被抽动时发出清脆而不情愿的噼啪声。海报的右上方列着演员名单。上面的插图是黑白的，但其他部分使用了明亮的黄色。海报上面是一个飞行着的机器人，其双手被拉起并向前。这是一个宇航员吗？机器人下方，有一座正在崩塌的城市。海报上写着"火箭人"三个字，还写着："一部与众不同的电影，这里有富有冒险精神的人。请一起加入杰夫·金与疯狂的火神博士的奇妙历险记吧。"海报右下角还印着斯德哥尔摩电影公司，最下面是一些小字，在半昏暗中很难看清，好像是"波拉斯印刷公司"。柳迪娅觉得有必要仔细地阅读海报上的每一个细节，她不想错过任何一个秘密。

经过一番仔细的寻找，柳迪娅意识到自己打开这个柜子和所做的一切都是徒劳无功时，终于感到了疲惫。她重新把东西放回原位，锁上柜门，然后把钥匙和碗都放了回去。

第二天早上，柳迪娅的父亲在午餐时叫醒了她。他泡好了黑咖啡，准备了抹了黄油的面包，还有一个装满了蜂蜜的小碗。他走到床边，轻轻地摇了摇女儿，告诉她今天外面很冷。柳迪娅目送他离开房间。她想，父亲现在生活还能自理。柳迪娅下楼吃饭的时候，听到外面农场里拖拉机发动的声音。饭后，柳迪娅开车去商店买了一些食材。她没有买特别高级的食材，但计划做上一顿好菜。她想做煮土豆和烤鸡，她会在烤鸡里塞满香料和蔬菜，然后用铝箔纸包起来，放在烤箱里烤。她还买了一瓶白兰地，在白色桌布上放上漂亮的小酒杯。柳迪娅觉得，人与人之间最重要的乐趣之一就是大家一起坐在桌前边喝酒边吃菜。匈奴人也喜欢喝酒，她的父亲也是。布置餐桌的时候，父亲提出应该给去世的母亲也准备一套餐具，摆在桌子上，留出她的位置，仿佛他们一家人又重新聚在了一起。柳迪娅按他说的做了。她找出第三个盘子和餐具，还有一个玻璃杯，只是没有往里面倒白兰地，而是清水。父亲和柳迪娅同桌而坐，互相举杯。当一个人对另一个人没有什么想要沟通的想法时，酒精会帮助他。柳迪娅感觉到身体里忽然涌起一股冲动，不再紧张。她看了看她的父亲。父亲的眼睛总是比母亲的眼睛更闪亮，因为它们看起来总是水汪汪的。父亲可能已经注意到了，他的女儿在观察他，但他并不在意。他给自己盛了两盘菜，每次都盛一大堆。他称赞今天的菜味道很好。吃完饭后，他把盘子推到一边时，夸奖了自己的女儿。父亲告诉柳迪娅说，你是一个聪明而美丽的姑娘。然后，他就又沉默不语了。柳迪娅感到受到酒精的作用，她的脸颊越来越热。她起身清理了桌子。在厨房里，一种奇怪的晕眩感突然向她袭来。柳迪娅很少会喝像今天这么多的酒。她觉得很难受，于是弯下腰，喝了一口冷水，然而这让她感觉更糟了。柳迪娅说她觉得不太舒服，要去休息一下，父亲听后不语，只是点了点头。他在沙发上坐下来，打开了电视。在往二楼卧室走的楼梯上，柳迪娅的脸色越来越苍白，冒出了冷汗，她感到异常难受。回到房间后，柳迪娅趴在床上，只觉得自己很悲惨。柳迪娅意识到父亲也走进了她的房间，注视着她。他在和她说话吗？但她难受得没有力气回答。伴随着浓浓的醉意，柳迪娅睡了过去。

第二天早上，当柳迪娅醒来时，发现椅子上有一杯刚刚榨好的苹果汁。她慢慢坐起来，一口气把杯子里的果汁都喝光了。窗外阳光明媚。她打算今天去给母亲扫墓。半个小时后，柳迪娅站在墓地里，瞥了一眼周围，发现墓地周围的雪地上有动物的脚印。父亲在这里挂了一个灯笼，但灯芯是白色的，没有被点燃过。他一定是忘了点燃它，或许他过来的时候是大白天，觉得没有必要点灯。

不远处的一座小教堂在墓地上投下了阴影。这座教堂看起来已经荒废了，东面墙上的油漆已经剥落，两扇玻璃窗也被百叶窗取代。柳迪娅双手合十，祈祷着自己的母亲能够找到合适的地方安息。当柳迪娅刚刚在心中默念完这个请求后，路上有汽车开过来的声音传来。她眯着眼睛，看见一个身影走了出来。来人是艾弗尔。柳迪娅发现这个女人衣着单薄，和她打了个招呼。艾弗尔表示，她很抱歉打扰了柳迪娅，但她遇到了一个难题需要帮助。这里的一所农场中的马匹受伤了，而且离得很远。柳迪娅挥手示意艾弗尔在前面开车给她带路。她检查了放在后备箱里的工作包，然后跟了上去。艾弗尔开车走在前面，她告诉柳迪娅那匹马摔入了山上的冰层中。幸好它没有摔进去多深，而且冰层下面也没有水流。在邻居的帮助下，艾尔弗和丈夫在马的脖子上绑了一根绳子，成功地把马救了上来。但是，这匹马被严重冻伤了。现在，它正躺在马厩，身上盖了厚厚一层毛毯，喘着粗气，瑟瑟发抖。艾弗尔的丈夫紧紧握住柳迪娅的手，感谢她的到来。柳迪娅蹲下身子，掀起马身上的毯子，开始检查。她检查了马儿的心跳，查看了它紧闭的眼睛。然后，她用手按摩着马身，感到这匹马的身体非常紧绷，它的关节、肌腱和肌肉都处于紧张而弯曲的状态。柳迪娅按摩了一阵儿后，三个人小心翼翼地设法让马站起来。马儿开始嘶喊，挣脱了人们的束缚，跑到旁边，摇晃着它的鬃毛。艾弗尔和她的丈夫被柳迪娅高超的医术震惊了。为了表达感谢，他们邀请柳迪娅吃饭，但柳迪娅礼貌地拒绝了。

第二天，父亲约翰收到了一个消息，是艾弗尔打电话告诉他关于柳迪娅救助了她家马匹的故事，大大地称赞了柳迪娅一番。父亲听后并没有表现出非常骄傲，而是对柳迪娅点了点头示意，并夸她说："你做得很好。"

之后，柳迪娅就向父亲告别离开了家。在她眼中，这个瘦弱但坚毅的男人身上笼罩着一层悲伤的情绪。柳迪娅询问父亲，是否愿意和她在挪威一起生活，这样他也可以看看她在挪威的生活情况。但父亲拒绝了。柳迪娅走向她的汽车，中间停下脚步，回头看了看父亲。父亲站在那里一动不动，只是挥了挥手，一如往常。

所视之物

今年的春天来得很早。三月初,温暖的春风已开始吹向大地,屋顶上的积雪开始融化,雪水沿着排水管往下滴答滴答地流着。太阳升起来了,大地万物复苏,一切欣欣向荣。各种绿色的植物开始生长并四处蔓延,绿叶乍现枝头,那些之前看上去微不足道的东西,现在变成了强大而难以被忽视的存在。柳迪娅的自我意识也在不断发生变化,继续成长。当她从家乡回到挪威后,便和伯德断了联系。柳迪娅的平日里的工作和生活也都进行得很顺利,她很享受这样平静惬意的生活。当她想去城市的时候,便会前往城市。当她想去农村的时候,便会去乡下看看。

柳迪娅认为,伴随着春天来到,她之前感受到的那种矛盾的状态也将一并消散。

柳迪娅在家里的时候,也在继续进行着她那在外人看起来有些枯燥乏味的工作。她经常阅读各种各样的解剖学书籍,在蓝色的笔记本上记录下每天发生的事情。或许是一个简单的流水账,又或者是一个个不同的问题。

柳迪娅想要获得更多的知识,了解更多的事情。最重要的是,她喜欢待在自家的花园里。她喜欢在阳光充足的时候待在花园树篱下的温暖角落里,在那块小小的土地上一直劳作到天黑,自己挖掘、耙地和耕种。柳迪娅会在这里观察各类微小的生物,它们或是安静地爬来爬去,或是在惊恐地从她勤劳厚重的双手里逃开。

来自安特卫普的女人

柳迪娅在笔记上写下了一个自己也不太记得出处的知识点："恐惧是人类的一种动物的本能,这种本能与人类大脑深处一个灰色的、杏仁状的结构有关。"她之所以记得这句话,是因为她曾经在一些文献资料中读到过这部分内容。而她一直这样记录着自己过去零零散散的记忆,也记录了一些关于母亲的内容。"当一个人的心灵感到悲伤时,最好的做法就是保持沉默。"柳迪娅把书和笔记本放回书桌的抽屉里,看了看正坐在餐桌前玩游戏的约翰。约翰的头发在阳光的照射下呈现出一种明亮的栗色。很明显,约翰正在走神。他的眼神看上去有些空洞,注视着远方,不知道正在思考什么。柳迪娅过去问他是否需要帮助,约翰看着她并不回答,只是耸了耸肩。她把这一行为当成了肯定的回复。

做完作业后,约翰跟着柳迪娅前往一个废弃的电池厂上方的农场,去帮那里的奶牛看诊。他们一路沿着河边行进,开车经过古老的三间房屋建筑,上面的平房几乎快要滑落到下面的河流景观中。春天的小河是褐色的,里面泥泞不堪。阳光在他们驶入林中时消失了,但当他们进入一段比较平缓的山坡时,光线又亮了起来。树木矗立在道路两旁，每棵树的绿色树冠都在阳光下闪闪发光，花朵上的花粉在微风中飘荡。约翰问她是否知道奶牛出了什么问题，但柳迪娅告诉他要先去听听农民的说法。这里的奶牛一个多星期不愿意进食了。约翰把头发干净利落地往后梳理，看着农场的方向。突然，约翰开口说，他知道是他的妈妈杀了自己的小狗。听到这句话，柳迪娅立即打起精神。她知道这件事对约翰的意义。而约翰心里的想法更多：他知道柳迪娅什么时候在骗人。她在这种情况下总是看着远方，看起来忙忙碌碌的样子，但其实一直在做一些并不重要的事情，例如叠衣服，从洗碗机中拿出已经洗好的餐具。约翰继续说，但柳迪娅曾经救活过这只狗。听到这里，柳迪娅依然没有任何回应，也没有试着安慰约翰，可她明白，她要给予他应有的肯定。于是，柳迪娅点了点头。现在这个男孩的情绪愈发激动，他说，他母亲曾说过，这都是因为他和她在一起的时间太长了，这是不正常的。柳迪娅的心里感到有些难过。约翰坐在那里，把头靠在车窗一侧，把脸朝向她。柳迪娅把车停在了一棵长势良好的大树下。

一个女人过来和他们碰头，她的年龄看起来和柳迪娅差不多大。女人向他们慢慢地解释了这里发生的问题。随后，她带着柳迪娅二人去看生病的奶牛。他们走过了一片尘土飞扬的场地。柳迪娅开始检查这里的奶牛，约翰也一脸好奇地跟着她。当柳迪娅检查完一头牛，开始准备走向另一头牛时，约翰没有注意，差一点挡住她的去路。柳迪娅试着让奶牛张开嘴，但是怎么做都没有用。

奶牛总是把头往后一扭，冲着柳迪娅翻白眼，并发出令人不安的吼声。农场的女人站得离他们很近，于是她走过来帮柳迪娅把奶牛的头转回来。柳迪娅取出外套口袋里的针管，给奶牛注射了麻醉剂。当麻醉剂开始起作用时，她就能掰开奶牛顽固的嘴了。她给奶牛嘴里插入一块木板，以确保它不会咬住她的手指。牛的口腔的最里面部分是空的，上面充满了凝固的血块。柳迪娅取出一个试管，然后用一根锋利的针头刺穿奶牛舌头的一侧，钻进它的上颚。柳迪娅将手伸入这个小小的缝隙，拉出了那里面的东西。奶牛的嘴里瞬间有鲜血渗出。她看了看伤口的边缘，评估了一下什么样的缝合方法最好。柳迪娅拿来一些抗生素，并趁机向约翰眨了眨眼。约翰站在一旁看着她的手术。柳迪娅对自己每次的工作都非常有满足感。

下班后，柳迪娅对刚刚农场的问诊过程进行了回顾。农场主，那个陌生女人和他们沟通时使用了一个她以前从未使用过的词。这个陌生女人以一种意想不到的方式使她感到困惑。她叫什么名字？她是哪里人？这个女人来自一个港口城市：安特卫普。女人告诉他们，她希望能够有一个新的开始。她一直梦想着能生活在一个有高山的国家。柳迪娅和约翰被邀请去她家里坐坐。约翰还捡到了一枚钉子。他把它像一个小型的战利品举了起来。

当他们进入这个比利时女人的家里时，柳迪娅感到一种莫名的愉悦。这个比利时女人的说话和行为方式都有一些很有趣的地方。她待人友好亲切，一直在对着他们微笑。柳迪娅说，人们都是见识越多，越喜欢交流。柳迪娅和约翰被邀请坐在一张大红色的厨房餐桌前，桌子上摆放的一切都显得那么生活化：面包、落在桌面上的灰烬和面包屑。他们在非常放松地聊天。柳迪娅感到既轻松又快乐。她觉得眼前这个来自安特卫普的女人看起来很讨喜。

女人将身体前倾，把胳膊放在桌面上，用手支撑着下巴，告诉他们，她的名字是：丽莎。这是她的真名吗？柳迪娅不觉得比利时女人的名字叫丽莎。一般来说，她们大多数的名字是娜塔莉、丹妮尔、玛格丽特等。她是否与她的丈夫住在一起？不，她独自生活中。而且丽莎还没有结婚，也从来没有和任何人在一起过。农场外面，一辆拖拉机沿着大路匆匆驶过。

回家后，柳迪娅就打算立刻进入卧室休息，关掉了开着的几盏灯。她今天累得有些迷迷糊糊的。然而，柳迪娅刚钻进被窝，电话就响了。是父亲打来的。他其实并没有什么特别想说的，只是简单的问候。柳迪娅听到电话那头父亲的咳嗽声。他问她，是否记得小时候带着她在花园里玩？当时她多大？是四岁还是五岁？柳迪娅不知道父亲究竟想要说什么。是的，她记得自己在花园的灌木丛中爬来爬去，当父亲询问她在找什么时，她说她在找一个可以喂养的动物。父亲笑着说，即使是一匹旋转木马，也能唤起她心中想要喂养它的想法。柳迪娅说她不记得父亲说过这样的话了。

在柳迪娅与动物的关系中，并没有任何慈悲心或令人感到激动的部分。相反，吸引她的是这份工作本身。母亲曾经说过，你必须努力保持自己生命的活力。在母亲的词汇中，"人必须努力"这一说法是"诚实"的同义词。

柳迪娅问她父亲是否想来看她。父亲表示想来，但又咳嗽了起来。他生病了吗？他的声音听上去可不太好。不过父亲说他没有生病。他以前也从来没有病过。他只是有点感冒。他很快就会好起来的。不过从她的家乡到这里距离太远了。柳迪娅建议父亲搭乘火车。他可以先开车到特隆赫姆，然后从那里乘火车过来这里。但是父亲不想坐火车。他是那种永远无法习惯于乘坐火车的人。而且现在很多火车中已经没有吸烟区了。父亲停顿了一会儿,接着说,他需要自由。他必须解放自己的双手。柳迪娅不明白他这番话的意思。他的意思是他有可能会随时随地自己外出旅行吗?

她的自说自话

西古尔德·勃兰特像对待朋友一样对待柳迪娅。他关心她,也尊重她。众所周知,这位兽医非常看重自己同事的独立性和可靠性。柳迪娅认为他从她身上看到了自己的影子,他对她的认可,从很多方面提高了她在当地社区的地位。在很长一段时间里,他们都在这座城市的不同区域同时忙碌着,以至于几乎碰不上面。但每次他们见面时,勃兰特总会跟她说一些鼓舞人心的话。偶尔他也会夸夸其谈,以至于她怀疑之前听到的那些赞美的话语只是一种普遍性的鼓励。但勃兰特还是我行我素。一年春天,他们俩唯一的一次一块出诊,是在畜栏里帮忙给猪舍做防疫工作。勃兰特开的车,在路上他向柳迪娅提了很多问题。柳迪娅尽可能地回答着勃兰特的每一个问题。例如,柳迪娅的父母情况如何?柳迪娅说,自己的母亲去年冬天去世了,但父亲身体尚好。勃兰特看了看她。他说自己确实对柳迪娅缺乏了解。

勃兰特问柳迪娅是否已经找到了另一半?她说还没有,平时也没有什么时间。而当勃兰特听说她在帮忙照顾约翰时,则对柳迪娅表示了尊敬。柳迪娅耸了耸肩。柳迪娅知道,如果她愿意,她可以对勃兰特知无不言,因为勃兰特一定会严格保密的。她可以和勃兰特讲述她所过的平静生活，讲述她与约翰的日常生活，讲述她的父亲，讲述她对母亲的思念，是的，甚至讲述关于伯德的事情，而勃兰特也肯定会理解这件事。但这又有什么意义呢？

勃兰特问柳迪娅是否还记得埃德文。她是在去年的聚会上认识埃德文的。勃兰特告诉柳迪娅，埃德文曾经历过一次痛苦的婚姻，他的妻子在离婚时曾试图自杀，或者曾威胁埃德文她会这么做。柳迪娅仔细听着他的讲述，立刻松了一口气。原来她当时对他的好感没有错，她不是一个傻瓜，而他也不是一个失败者，只是一个不幸的人。于是，她忍不住笑了。勃兰特看到了她突然的笑容，但他没有发表任何意见。很明显，他此刻并不想继续知道关于她和埃德文关系的任何事情。柳迪娅注意到，勃兰特今年开始变得越发消瘦。不过他的目光还像以前一样，炯炯有神，具有很强的洞察力。

他们两人用了两天就把全部工作做完了，当他们在最后一次徒步旅行后开车回家时，勃兰特在一个加油站停下了。他想把路边尚未融化干净的冰雪砸在柳迪娅身上。两个人闹了一会儿，双双在阳光下躺下。勃兰特告诉柳迪娅，埃德文一直在追问关于她的各种事情。对此，柳迪娅并没有做出任何回应。勃兰特问柳迪娅是否对埃德文感兴趣。他是个还不错的人吧？不，她不喜欢这样。勃兰特站了起来。很明显，他明白现在不是谈论关于他们两个人的关系是否有任何可能性的好时机。柳迪娅摸了摸他的外套，告诉他那里有污渍。勃兰特用手指蹭了蹭脏了的地方。当柳迪娅回到家时，约翰正躺她家门口的楼梯上。他的双手放在肚子上，一条腿悬空跷在膝盖上。柳迪娅脑海中突然冒出了一个念头：如果约翰是她自己的孩子就好了。柳迪娅被自己这个突如其来的想法吓了一跳，她静静地待在树荫下，陷入沉思。

不入虎穴，焉得虎子

柳迪娅不是一个习惯赖床的人，她醒来后很少会在床上过多停留。每天早上闹铃一响，她就会立刻把被子推到一边，然后赤脚走进浴室，用冷水洗脸。这个习惯是柳迪娅从小就养成的。每当她迎来新的一天的时候，她都会立刻起床，这并非由于这天会有什么需要完成的任务在等待着她。现在柳迪娅迎来了为期两周的暑假，她可以在此期间做任何她想做的事。柳迪娅却选择哪儿都不去，就待在家里。就连闯入房间里的两只嗡嗡作响的马蜂也没能让她离开身下的床。柳迪娅伸手捡起地板上的笔记本，她在昨晚入睡前在本子上潦草地写下了几句话。笔记本的旁边还放着几个药剂瓶。笔记本里的话是关于约翰的内容。她和约翰之间这种说不清道不明又充满矛盾的感情。她必须把这脑子里的想法用笔写下来。她问自己：自己真的想要一个孩子吗？这种两个个体之间联系的情感让她不得不进行认真的思考。柳迪娅想到了自己和母亲之间的关系。她和母亲之间似乎还是一种单向的关系。柳迪娅举起一只手，在忽明忽暗的灯光下，仿佛可以看到一条常常把人与人之间联系起来的线。在楼下走廊的衣架上还挂着那件灰色的大衣。她刚刚清洗过，因为夏天来了，天气太热了，她现在不需要它了。母亲曾经穿过这样一件衣服，因为她非常喜欢这种剪裁漂亮的毛织品。这件衣服是在斯德哥尔摩买的。她每年都会独自前往那里旅行。柳迪娅觉得这是一个非常大胆的决定。每当达格玛想要离开的时候,父亲就会表现出失落的样子。即便是外出去山上过一夜这样的旅行,父亲约翰也不愿进行。因为还有其他事情要做。家里的拖拉机总是有问题,或者他必须修理外屋的屋顶,或者要去打猎。他用这些"不合时宜的"事情为自己辩护,这让人没有办法理解。而这一切都是为了掩盖他落后的观点,他说人应该"亲近大自然"和"保持传统",从而让自己能够一直生活在一个已经过去的时代。柳迪娅则不是这样,她有自己的奋斗目标。即使在非狩猎季节,父亲也能外出在森林里独自坐上几个小时,甚至待上一整天,摆弄自己的那支老式猎枪。但是要想让他暂时离开农场,陪自己的妻子在斯德哥尔摩待上几天,或者只是去松兹瓦尔过个周末,他也抽不出时间。因为他要保持传统。在一次海外旅行中,母亲买了一台电动咖啡机。约翰看到后竟然露出了笑容。这也让柳迪娅第一次听到了父亲哼小曲。每天早上,父亲都会把咖啡豆填进去,然后启动咖啡机,让机器运转,嗡嗡作响。连续使用了好几年后,咖啡机坏了。约翰试图修复它,但怎么也修不好,可父亲也不会花钱再买一个。于是,他们不得不重新开始手磨咖啡。

柳迪娅希望她母亲的坟墓上每天都能摆放上鲜花。柳迪娅的母亲年轻时非常漂亮,她有一头栗色的长发、尖尖的下巴和一双杏仁般的大眼睛。但在柳迪娅十岁的时候,母亲性情大变,变得不再开朗。在母亲生命的最后几年,她的性情是否又变了回来?柳迪娅站在浴缸的镜子前,一边刷牙一边审视着镜中自己的脸。她对自己的脸部特征还是很熟悉的，她的长相也没有什么特别之处。柳迪娅无法左右自己的外貌，不能判定自己是漂亮还是很普通。但她也并不看重外表，因为她对自己的穿着打扮和身材非常满意。她的身体紧绷，锻炼出了一身漂亮的女性化的肌肉，她肩部和臀部线条有一种高雅的圆润感。柳迪娅举起水杯，漱了漱口。她觉得自己没有任何理由因为孤独或没有孩子而感到自卑。她也不认为这是人生的"必选题"。柳迪娅已经三十多岁了，她正尽可能地好好享受着自己的人生。她从未生过什么大病，也从未承受过任何过重的负担，更没有经历过让人悲伤的爱情。这不就是她可以感到庆幸，甚至感到自己很有福气的原因吗？作为一名兽医，柳迪娅的职业特性让她可以看清生活中每件事情的细节。

　　这时，楼下的窗外传来了声音，是约翰。柳迪娅对着窗口叫了一声，约翰抬起头，看到了柳迪娅。柳迪娅让他直接进来。约翰看上去有些紧张，又有些激动。他用力地握住柳迪娅的手，就如同他们初次见面时那样。约翰告诉柳迪娅，他要搬家了。他的妈妈在西北部地区的某个地方找到了一份工作。柳迪娅一边听约翰讲述，一边叠衣服。窗外吹进来一阵风，风中有鲜花和青草的轻柔香气。最后一件衣服放在衣橱里，柳迪娅拍了拍约翰的脖子，问他饿不饿，是否想去游泳，或者他们可以一起带上书到树荫下休息一会儿。最后，两人在湖边度过了整个下午。柳迪娅享受着日光浴，注视着不远处缓缓地上下起伏的浮动码头。约翰在水里游了半个多小时，然后走出水面，来到柳迪娅身边坐下，深深地吸了一口气。尽管今天天气很热，但他还是打了个寒战。柳迪娅递给他一块毛巾。他干脆利落地擦了擦头发，把T恤套在头上穿好衣服。约翰问柳迪娅，是否会害怕他搬家。柳迪娅不知道该如何回答。她该如何回答这个问题？他是在为她担心吗？两个人身份角色发生了一些微妙的转变。

约翰平时大部分时间都冒冒失失的，但今天很不一样，今天的他非常平静，用一种柳迪娅从未听到过的柔和的声音和她说话。她坐在那里感到很尴尬。她不能简单地直接回答说，如果他觉得很好，那么她也会觉得很好；他可能会认为这是一种拒绝的姿态。这时，约翰突然感叹起来，他说人真是一种奇怪的动物，当一个人喜欢上另一个人的时候，他就会睡得很好，但同时也会变得茶不思饭不想。柳迪娅听得有些莫名其妙，于是问约翰是不是认识什么女孩了。约翰说他在和一个叫蒂娜的女孩通信。蒂娜是他母亲的一个老同学的女儿，和他一样大，就住在他们要搬去的地方。所以他要离开这里了，去见蒂娜。

听到这里，柳迪娅感到自己或许就要告诉约翰，如果他愿意的话，他也可以和她在这里继续一起生活，正好她家里也有足够的空间让他住。

但此刻，约翰只是喋喋不休地谈论着那个名叫蒂娜的女孩。他们两人显然有着共同的兴趣爱好。蒂娜喜欢动物，特别是狗。蒂娜还喜欢收集石头，看日本漫画。只有当他们坐在回家的车上时，约翰才变得安静下来。

在开车回家的路上，柳迪娅感到约翰在看她，但她却装作什么都没看到一样。两个人最后约定好了，在约翰搬走之前，他们可以再见一次面，或者可以一起去看一场电影。

约翰下车前和柳迪娅拥抱了一下。约翰紧紧地抱住柳迪娅，很久都没有松手。他好像摇了摇头，然后才下车回家。柳迪娅觉得有些奇怪,他最后的这个拥抱有什么特别的含义吗?直到约翰走进家门,柳迪娅才重新发动车子,然后她没有回家,而是开车去了诊所。不过,今天她也没有什么工作可做。

柳迪娅敲了敲勃兰特办公室的门,无人回应。她发现门没有锁,打开门看了一眼勃兰特的办公室。他的办公桌上有一个空试管架在闪动,还有各种各样的设备散落在桌面上:酒精灯、画笔、一些棕色玻璃和一个测试神经反应用的小锤子。柳迪娅走到办公室的窗前,透过百叶窗的缝隙朝外看去。夏日的阳光照射在城市游泳馆的白色外墙上,一辆面包车停在前面的草坪上。马路上的红绿灯由红转绿,但路上没有什么行人。柳迪娅忽然感到有些晕眩。她赶忙扶着办公室的椅子坐下来。她刚刚好像出现了幻觉。她看到了一匹灰色的马站在鹅卵石铺成的广场上,马的眼睛被蒙住了,而它的舌头却在嘴里闪闪发光。

柳迪娅忽然对自己的工作感到愤怒。她每天要体验这么多的伤病和死亡,她诊断过一只喉咙里有癌症的狗、一头有晚期乳腺炎的母猪、一头伤口得了坏疽的牛。除了给它们实施安乐死,人们还能做什么呢?最后,柳迪娅从椅子上站起来,踉跄着走到门口,离开了这间办公室。

柳迪娅在回家的路上碰到了正要开车外出的勃兰特。他问她周六是否有空。因为他们想要请埃德文吃饭,而埃德文提到了她。大家都希望她也能来一起吃饭。勃兰特一边提出要求,一边盯着她,好像在看她的反应。柳迪娅说她周末没有安排,她很乐意去拜访他们。

回到家,柳迪娅一进家门,就脱掉了上衣和长裤,也脱下了内裤。她的内裤从膝盖上滑落,好像是一个粉红色八字形的降落伞落在地上,又像是一件她在学校的手工课上做的东西。柳迪娅想象着发生时光倒退的情景:她脱下的内裤重新自己爬上了她的双腿,留下一段痕迹,最后在她的臀部停下。柳迪娅去浴室冲了个澡,然后认真地刷了牙。

在卧室里,柳迪娅迅速盖好被子,觉得有些冷。她可能是有些着凉了。尽管这可能只是一场小小的夏季流感,但她忽然感到,此刻的自己是多么希望有人能和她待在一起。柳迪娅很清楚,孤独不是一件罪恶的事情。当然,孤独也不是渴望爱情的证明。不过,一想到她能再次见到埃德文,她还是感到有些振奋的。但是,当周六快要到来时,柳迪娅却感到既郁闷又期待,郁闷是因为她根本不了解埃德文,所想的一切都是不切合实际的,是她自己的幻想,或许都无法成真,一戳就破。

柳迪娅把泳衣装在一个袋子里,打算去湖边那个自己常去的固定位置游泳。她在码头边游了一段距离,感叹着自己的身体是多么柔软。游泳结束后,她开车回家。她看到花园里的一株植物上长出了黄色的小花。她摘下一点,用拇指和食指摩擦,闻了闻。这是一株大黄,再过几个星期就可以采摘了。

柳迪娅已经很久没和父亲通话了。她觉得自己对父亲的态度已经有所改善,但是两人精神上的距离却一直没有变化。她从小就习惯了这样的父女关系。柳迪娅还记得,小时候,父亲曾在草地上摆了一张长桌,然后从储藏室里找出一个大瓷盘,里面装着肉丸子和鲱鱼沙拉,还有草莓和红萝卜。她还记得家里的一幅画,还有听过的一首摇篮曲的歌词。歌词是这么唱的:

夏天的风在外面吹，
山羊在风中散步。
母亲走过绿色的草地，
孩子在花丛中成长。

然而，每当柳迪娅想起这首歌时，一段来自童年的记忆，也会伴随着情感不禁涌上心头。这段回忆给人以甜美而强烈的情绪，而且唤起了她幼时那种孩童般的感觉。她记得曾经一直在逃避，有一种不愿分辨清楚事物真实面目的冲动，就像是圣母玛利亚一般，只是怀抱着自己的孩子，用无邪的灵魂包容着可怜的一切。

创造

　　山丘上矗立着一座不起眼但古老而神秘的教堂，站在这座小山丘上向下望去，可以看见郁郁葱葱的树林，还有整片教区。这个教区正向人们展示着它的美丽。向远方望去，层峦叠嶂，山坡和丘陵交替出现。远处的高山上覆盖着密密生长的针叶林。山坡上是耕地。这片地区常常吹起西风……已经是八月中旬了，一位农夫可以在周日的下午舒服地打个盹儿。他可以放心地睡上一觉，因为夏天最忙碌的日子就快结束了。这是一个完美的夏天。虽然八月刚刚过半，但这里炎热的天气和劳作时的咆哮和喘息，都被装进了清凉的水瓶。只剩下燕麦和根茎类作物还需要收获了。今年也将是丰收的一年。

　　五月份，夏天踩着春末的尾巴提前到来。阳光照射大地，万物生长，将湿气腾腾的云彩蒸发，随风逝去。阳光明媚的日子里，一切都是愉快的。白天和黑夜过去，天空又开始下起雨，以丰沛的雨水灌溉和洗刷这片大地。相信这片土地在仲夏之前，将不会变得太过干涸。

　　在一个凉爽的雨天后，新风吹来，田野里的葡萄树、黑麦、小麦的幼苗生长得更加茂盛，雨水的浇灌使它们变得强壮而坚韧。植物们纷纷自豪地将它们萌发出的穗子竖起来，面向太阳。

很快就到了繁花似锦的季节，今年这些发芽的花朵没有遭受冰雹的打扰。大地上阳光普照，温和的风仿佛又一次把春天带回到了果园里。仲夏结束后不久，就可以去牧草场里割草了。割草机呼呼作响，牧场仿佛被铺上一片紫杉地毯。田地里，收割机在和麦子赛跑，就像是有一头狮子追逐着草地里的草。麦穗和玉米穗反复出现在锋利的镰刀旁。农民用绳子扎起一个个稻草人，来对抗乌鸦和鸟群，以免它们来争抢秋日田野中的粮食。男人和女人也都拿着干草叉和耙子来到田间。劳作之后，他们用花草编出一个个花环。他们用拖拉机将草料运到农舍里，堆放草料的房子一般会建造在东北和东南方向。灿烂的阳光倾泻在农舍的屋顶，而阳光下的农民依旧在如火如荼地劳作。他们知道，没有什么能够比劳作后在铺满干草的草地上休息更加甜蜜的时光了。

夏日农村

柳迪娅站在农场的院子里,她低头看了一眼自己的工作服,腋下部位有污垢和血迹,橡胶靴上则沾满了泥土。对此,柳迪娅已经习以为常了,因为这是她工作的一部分。柳迪娅一直都在做自己。此时,埃德文正站在车旁等着她。柳迪娅看到埃德文,心中暗自思考:他是怎么想的?他是否已经找到了回到前妻身边的方法?还是在心中兴奋地期待着这次和她新的相遇?那天在勃兰特家吃饭时,他对柳迪娅一直保持着友好但平淡的态度。用餐时,他说他获得了两部剧里的小角色:契诃夫[1]的《一位做不了主的悲剧人物》[2]和斯特林堡[3]的《玩火者》[4]。他一边用瑞典语念出了"玩火者"这三个字,一边看着柳迪娅。柳迪娅也看过这部剧吗?不,她没有。每当埃德文单独和柳迪娅说话时,他提出的大部分问题都是关于她每天的生活和她的工作。而柳迪娅也以同样轻松随意的态度回应。他们的第二次见面

---

[1] 安东·巴甫洛维奇·契诃夫(Антон Павлович Чехов,1860—1904),俄国作家、剧作家。
[2] 《一位做不了主的悲剧人物》是契诃夫的独幕剧。
[3] 奥古斯特·斯特林堡(August Strindberg,1849—1912),瑞典作家、瑞典现代文学的奠基人。
[4] 《玩火者》是斯特林堡的一部戏剧。

非常自然。不过，柳迪娅也想知道，他是否有意和她建立起更近距离的关系。但是那天的对话让柳迪娅感到，他似乎除了想和她保持一种普通的友好关系，没有任何其他想法。不过，最后埃德文的提问让她心里产生了变化。

埃德文问柳迪娅，下次她去某个农场出诊时，是否可以和他一起去。当然，这种表示并非是对更深层次或更亲密关系的一种直接体现，但也确实从某种意义上打破了两人之间的空间距离，并带来了一丝额外的期待。

柳迪娅穿着靴子，农夫站在一旁帮助她。她正在帮助一头母牛接生。忙碌了一段时间后，柳迪娅拯救了母牛，两头双胞胎小牛诞生了。两头小牛生下来后奄奄一息地躺在地上，看上去生命垂危。但柳迪娅没有被这种情况吓到。她继续坚定不移地努力救助小牛。直到母牛和小牛都恢复了活力。母牛最后被抬到马厩中，两只小牛也活蹦乱跳地开始探索这个世界。这是一件非常消耗体力和精力的工作。柳迪娅努力完成全部工作后，她站在地上，气喘吁吁，双手撑着膝盖。柳迪娅看上去十分瘦弱，身体仿佛摇摇欲坠，旁边则是刚刚经历了一场"血战"惨不忍睹、苍蝇乱飞的母牛。结束了帮助母牛分娩的工作后，埃德文和柳迪娅一起在阳光的照射下回了家。柳迪娅取出两个杯子，端来了冰块和一瓶杜松子酒。他们二人一言不发地喝了起来，既没有交流在这样炎热的天气里喝冰凉的杜松酒有多么舒爽，也没有谈论花园的美景，更没有提到花园里茂盛的植物。两个人喝完酒，就并排躺在草地上，将手枕在脑后，似乎此刻心中毫无念想。柳迪娅思考着自己躺在埃德文身边这件事。她忽然想在他耳边说些"不合适"的话。回家路上，埃德文对她说，他很高兴能和她一起去农场。可以看出，柳迪娅是一个非常专业的人,她医术高超,非常能干,而且农民们显然对她非常尊重。一阵风吹来,花园里的树叶传来一阵沙沙声。平凡的日子中偶尔会出现一些不平凡的事情,这些不平凡的小事就这样默默地潜入了日常生活,不知不觉中笼罩住了平凡的生活。

柳迪娅用手肘撑起身子,她看了看身旁这个陌生的男人。他正闭眼躺着。柳迪娅不知道他想利用这样的机会做什么,难道只是为了单纯地表达对她职业的欣赏吗?难道他并没有想要勾引她的想法?为什么两人之间会有一种淡淡的羞涩之情?

托尔斯滕·卡西米尔·威廉·弗洛鲁森·利利埃克罗纳[*]

一年的时间过去了,周而复始、四季轮回。一切看似普通平凡的事物:庄稼、牲畜、天气,一切都在自我更新,重新出现。春天又来了。一个星期天的早晨,柳迪娅被外面的枪声惊醒。她迷迷糊糊地睁开眼睛,天色还没有亮,她赶忙打开床头灯。外面是阴天,还在下着雨。雨水沿着房檐往下流。她听到屋子里有什么地方在滴水的声音。柳迪娅赤着脚走过门廊,打开大门,朝外看了看。远处的森林里看起来黑黢黢的。柳迪娅看到了达格玛,她问母亲这段时间去了哪里。达格玛没有回答她。她们俩手牵着手一起走入了森林。森林里的路不好走,柳迪娅时不时地要用手拨开挡住她们前行的脚下的树枝。雪花落在她们的脸颊上。柳迪娅觉得这些雪花非常可爱、新鲜,并且充满活力。森林中非常安静,没有人来打扰她们。母亲的生活和柳迪娅的生活是一样的。她们拥有一样的东西,性格中都存在着一种深刻的平和。

当她们走出树林,来到了一条小河边时,达格玛问起

---

[*] 托尔斯滕·卡西米尔·威廉·弗洛鲁森·利利埃克罗纳(Torsten Casimir Wilhelm Florusson Lilliecrona,1921—1999),瑞典演员。

了柳迪娅的近况。

柳迪娅感觉又一次找到了自己的母亲。她们已经没有遗憾了。柳迪娅和母亲一起漂流在溪流中。柳迪娅知道母亲已经去世了，而她此刻并没有死。因为她不能跟随母亲一起进入死亡的区域。这里有死亡的森林、死亡的树干，还有死亡的冬日之光。

柳迪娅又一次醒来。她从床上坐起来，看着身旁的埃德文，听着他均匀的呼吸声，看到他嘴唇上新长出来的胡楂儿。柳迪娅从床头柜里找出一个发圈，把头发扎起来，轻手轻脚地来到厨房。

她在冰箱前站了好一会儿，发现这里没有她想要找的东西——芹菜。然后，她用现有的东西开始准备午餐。柳迪娅家的厨房里，她父亲座位的后面，餐桌旁边的墙上，挂着一个带有刺绣的布艺。上面用黑色、蓝色和绿色的线整齐缝制了诗句：这是我的家，它是那么的小，然而，我却在这片大地上找不到比它更加甜蜜温馨的居所。

柳迪娅没有问过父母这块布是从哪儿来的。可能来自她的祖父母，也可能是她母亲某次去斯德哥尔摩的旅行中，在一个村里的市场上购得。她也从来没有听说过这句诗。至少，她知道这肯定不是来源于《圣经》，她不记得《圣经》中有任何地方有这样的描述。但她知道，这肯定是来自某部瑞典文学里。但除了在她家厨房的墙上，她没有印象在其他书本中看到过。不过，柳迪娅还是对那些古老的抒情诗略知一二的。她一边冲着咖啡，一边哼诵出了"在这个绿色的星球上"[①]这句诗。

[①] 此处应为某部瑞典诗歌中的诗句，来源不详。

埃德文起床后也来到厨房，他站在柳迪娅身边，用带着胡楂儿的下巴顶在柳迪娅的肩膀上。埃德文随手拿起一粒咖啡豆，然后告诉柳迪娅，他觉得自己其实是一个少言寡语的人。柳迪娅还没来得及问他是什么意思，他就离开了厨房，走到客厅去了。然后，他打开大门，来到外面的草地上。埃德文的个子很高，上肢肌肉发达，还有非常健硕的脖颈。他的头发是灰色的，还有些毛糙，柳迪娅猜想他的头发大约都是自己打理的。柳迪娅很想把他叫回来，告诉他，她并不在乎两人能够在一起多长时间，只要在一起的这段时间是快乐的就行。不过，她最后还是没有说出这句话。

埃德文背对着大门站在房子外面，穿着白色毛衣和浅蓝色的毛绒长裤。他在想什么？看起来，他正在研究花园里树木，研究这里的植物。埃德文总是彬彬有礼，用词得当地和柳迪娅说着一些无关紧要的话。然而，在这些友好的话语的背后，柳迪娅能够察觉，其实他有些隐藏着的可爱的部分。柳迪娅觉得，埃德文并非一个少言寡语的人，而且还保留着一部分天真。他似乎对大大小小的事情都充满热情。柳迪娅还记得，他曾问她是否还记得在《我们在索特克拉克恩岛上》①的那部电影里，扮演梅尔克叔叔一角的是托尔斯滕·卡西米尔·威廉·弗洛鲁森·利利埃克罗纳？不，柳迪娅没有看过这部电影。她不知道电影里有两个小孩子，有很多小动物，还有很多昆虫和一个秘密的教会农场。她也不知道电影里的主角德米特里·古罗夫在雅

---

① 《我们在索特克拉克恩岛上》由瑞典著名作家阿斯特丽德·林格伦（Astrid Lindgren，1907—2002）创作的剧本，后被拍成电影，于1968年上映。

尔塔，而不是在马耳他遇到了一位带着小狗的女士。柳迪娅也没有看过这部电影剧本的原著小说。是的，她没有看过。于是，尽管埃德文在热情洋溢地和她分享着这些内容，柳迪娅却能感受到他心中的失望和难过的情绪。

他是否曾经和他的前妻分享过这个故事？这是一个关于爱情的故事吗？他是否还爱着他的前妻？柳迪娅觉得她有必要把埃德文约出来。不过，该如何找到合适的时机、合适的地点，将她心中的这些问题恰当地提出，她还没有想好。是的，他们其实并不了解彼此，几乎称得上是陌生人。虽然他们现在经常见面，表现得就像是两个老朋友一样亲密，但他们还是对彼此基本上一无所知。柳迪娅不知道她和埃德文现在是否"在一起"了？他们是恋人吗？柳迪娅回到卧室。不一会儿，埃德文也走回了屋子里。柳迪娅不想让埃德文发现她刚刚在注视着他，不想让他觉得她好像在监视他。

埃德文走路的声音很响，就像是在被人推着往前走一样。柳迪娅听到他穿过走廊回到房间的脚步声，十分清脆。看来木地板该打蜡了。埃德文走进房间，搂着她的腰。他说，他要去洗个澡。但他想问问他们是否可以去看望她父亲。这或许会是一次很好的旅行。埃德文说他从来没有去过瑞典那么远的地方，没有去过瑞典北方。还有，他很喜欢长途驾驶。柳迪娅问他是否是认真的。他抚摸着她的脸颊，没有回答就去了浴室。柳迪娅无法想象埃德文走入老家那幢房子里的样子，无法想象他会出现在她童年生活过的家里。而父亲会对此如何反应呢？她从来没有带过男朋友回家。她从来都没有想过，当她的父母遇到这件事后，究竟会如何反应？他们是否会说:"这是我的家，它是那么小。"柳迪娅静静地待了一会儿，她对这一切都缺乏一种信任感。她似乎认为，没有任何人有必要了解她究竟是谁。

什么抓住了她？

柳迪娅的父亲约翰·厄内曼喝了一口咖啡，然后和柳迪娅跟埃德文说，其实他们没有必要跑这么远的路过来，就为了和他打个招呼。他们此行并没有什么其他事情要做，其实没有必要过来。还是柳迪娅觉得他现在已经没有办法照顾好自己了？他并不需要别人的帮助。

三个人围坐在阳台上的桌子旁。柳迪娅以前常常像这样，和她的父母三人一起坐在这里。柳迪娅做了些蔬菜汤，三个人都喝了不少。柳迪娅在离父亲如此近的地方，她能闻到父亲身上的味道。柳迪娅觉得，他现在一定很小心地保护着自己的牙齿，因为父亲从小就会这样告诉她。埃德文一直感叹父亲将农场管理得井井有条。而父亲听到他的夸奖后也觉得非常自豪。父亲约翰和埃德文分享了很多他的日常工作，以及如何布置管理这个农场。他说自己每天都是全力以赴、从早到晚地工作，而且并没有其他人可以帮助他做这项工作。柳迪娅感到今天父亲的心情非常好，因为他们很快就喝完了桌上的一瓶白兰地。他们不停地推杯换盏，互相敬酒。

不过酒桌上父亲并没有询问关于埃德文的事情，例如他的工作、他从哪里来。他们谈话的主要内容是农场和农业，还有山、农具和拖拉机。还有，父亲在和埃德文对话时一直在使用他的姓氏称呼他，例如：如果马尔姆在长途跋涉后感到疲惫，是否需要休息一下？而埃德文也毫不费力地开启了他滔滔不绝的"演讲模式"。他夸奖说，厄内曼家的酒非常棒，还有他处理那台旧拖拉机的方法无疑是正确的。约翰·厄内曼说，他对自己的东西了如指掌，而且那台拖拉机还可继续使用，有完全不亚于30匹马的拉力。柳迪娅觉得，今天晚上的聊天气氛轻松愉快，父亲的心情也很好。

夏天的夜晚略有一些寒冷，于是柳迪娅从客厅里取来一个毛毯，盖在身上。她一边继续坐在那里，一边听两个男人的对话。两个人现在背对着她，他们的后背被房间的灯光照亮。香烟燃烧后产生的灰蓝色的烟雾围绕在他们身边。父亲好像是一个正在嘉奖他的士兵的将军那样和埃德文继续聊着天。

柳迪娅没有仔细聆听他们的对话。不过，忽然几句话清晰地传到了她耳中："这是一件悲惨的事情"，"那个孩子的肚子里长了一个肿瘤"。然后埃德文指了指远处的山峰，约翰对他点了点头，又聊了一些关于双筒望远镜的事。

结束对话后，柳迪娅立刻向他表达了谢意，感谢他和自己的父亲相处得这么融洽。然后，柳迪娅说她得睡一会儿，于是埃德文抱了抱她，她和父亲说了晚安后就上楼去了。

二楼的卧室温暖而舒适。柳迪娅打开窗户，关上门。她还能听到楼下父亲说话的声音。她以前从未见过父亲这个样子。他不再是那个木讷和凡事都很有分寸的人。他现在坐在那里，与埃德文这个陌生人侃侃而谈，反而自己女儿变成了这里的"陌生人"。柳迪娅盖着被子，躺在床上，双手合十。没过多久，她听到好像有人坐在床边对她说着悄悄话。那个人说，我要给你讲一个故事。

从前，有一匹肮脏的灰色的马沿着道路蹒跚而来，它的身上满是尘土。这匹马走起来慢吞吞的，但是步伐稳健。它身后还拉着一辆马车。马车上面坐着一个年轻的姑娘。这个姑娘要去森林里的池塘中洗澡。

池塘中的水是浓浓的绿色，而且非常温暖。因为姑娘的母亲告诉她，这里的水对身体健康有好处。她的母亲在这个地方出生、长大，生活了一辈子，所以她知道这里的一切。年轻的姑娘从马车上跳下来，脚步轻盈，毫无准备地跃过一条木板搭成的小桥，走过泥泞的小路，很快就来到了森林的池塘边。她的头顶上散落着一些细长的针叶，好像有什么正在树林的逆光中呼唤着她。她该如何回应这低沉的呼唤？那个声音好像在说：你快过来。柳迪娅一下被它吸引住了，就像是被什么东西抓住了一样。是什么抓住了她？是她身上的这种强烈的生命力吸引着它在呼唤，就像是夏日的阳光一样耀眼。

她在魔法森林里入眠

埃德文尽可能多地从城里坐火车来陪伴柳迪娅。柳迪娅也非常期待和他的每一次见面。每次埃德文到来前的那几天，时间仿佛过得很快，总让人有些迫不及待。柳迪娅非常欣赏埃德文的一点就是他的园艺水平，令人大为赞赏。埃德文非常喜欢打理她家的花园。每次他来到这里，都会精心打理花园里的各种各样的植物，无论是灌木还是各种鲜花，都被他照料得很好，整个花园里变得花团锦簇、五颜六色。另外，埃德文还是一个作息非常规律的人。早起对他毫无困难可言，即使在假期，他也能做到一大早五点起床。起床后，他就一个人安静地看书，不去打扰柳迪娅，等她睡醒。在等待柳迪娅起床的过程中，埃德文偶尔也会自己出门散散步，回来后柳迪娅也差不多睡醒了，就又开始准备早饭。

柳迪娅还是柳迪娅，她一直在思考埃德文和她的关系。她不知道和埃德文的关系能够保持多久，即便是在两人相处最融洽的日子里，柳迪娅也会控制不住地想到两人关系未来的走向，特别是走向破裂结局的可能性。柳迪娅也非常不喜欢这种想法，她希望自己不要总是这样习惯性地消极思考这个问题，但她还是会不受控制地这么想，这些念头总会突然从她的脑袋里蹦出来。

毕竟，从某种意义上说，埃德文以前曾经离开过她一次，即使现在他们二人的关系已经不太一样了，但好像这段关系从一开始就存在一个先天的缺陷。埃德文不在的日子里，柳迪娅会努力积极地做好自己的工作，一如往常。但当他到来时，柳迪娅又会常常忍不住思考他们之间的关系。柳迪娅能够感到，埃德文是一个情绪稳定的人，这或许可以打消一些柳迪娅心中的疑虑。埃德文是一个性格温和的人，他在和柳迪娅的相处过程中大部分时间都会顺着她，这对柳迪娅而言非常好。柳迪娅觉得埃德文是一个很适合自己的伴侣，一方面他能够给她所需要的情感纽带，另一方面他又能够给她自己喜欢的独立。

他们二人平均每一两个星期才会见一次面，但这样的见面频率对他们而言是具有积极作用的，每当他们见面时都会因彼此的陪伴而感到轻松，都从这种相互依存中获得心灵的宁静。他们会一起在林间漫步，或者一起去野外进行长途跋涉。他们都很清楚彼此关系中一直存在着一种不确定性，但是这也不会影响两个人毫无顾忌地畅谈各种各样的事情。他们常常分享彼此生活中发生的大大小小的事情，甚至可以畅聊世界上的各种奇怪的新闻。

柳迪娅和埃德文也会偶尔一起外出购物，或者在家里一起做饭。埃德文在做饭时喜欢播放音乐。每当这种时候，柳迪娅就会待在阁楼里休息。

这段关系一直持续到了夏末，埃德文才对柳迪娅暗示自己或许应该正式搬到这个家里，和柳迪娅一起生活。那是一个下雨的午后，两个人正坐在家中吃晚饭。埃德文对柳迪娅说，他在考虑搬到乡下来住，而且即便住在乡下，也不会影响他平日需要往返于城市和乡村的工作。

听到这话，柳迪娅有些怔住了。不知为何，柳迪娅觉得自己无法想象他们二人正式一起生活在这个家里的样子。柳迪娅不想让局面变得难堪，于是一开始假装没有听清他说的话，装作不在意的样子，岔开话题，转而问埃德文是否需要再加点酒。

埃德文没有被她转移话题，他继续更加明确地表达了自己的想法。气氛变得有些焦灼。柳迪娅感到一阵焦虑，她不知道自己该如何回答这个问题，如何处理现在的局面。于是她只能问，是否可以再给她更多的考虑时间？埃德文回答说，当然可以。

柳迪娅对自己此刻的表现感到不满，但是她也不知道该如何更好地做出应对。她担心自己的表现会破坏他们一直以来的关系。不信任就像一扇漏风的门，一旦产生裂痕，就会有风不断地吹进来。

柳迪娅觉得自己必须做出改变。她不断扪心自问，她为什么不能直接对埃德文表示同意，究竟是什么在阻碍她做出这个决定？柳迪娅觉得自己变成了自己最讨厌的人，就像是那些任性无知的农场主。

她想起来之前曾经将自己惹恼的人，那是一个在这里经营着一家对外进行旅游体验服务项目的农场主。在那家农场里，孩子们可以体验马车雪橇的娱乐项目。她记得自己曾见到那个农场主让一匹怀有身孕的马来驮运重物。这种做法实在是太过分了。那匹母马不得不大着肚子，拉着一批批的孩子在森林中体验马车雪橇。柳迪娅见到这匹马的时候，它因为劳累过度差一点难产。不过幸运的是，经过救治，母马和小马驹都活了下来，但柳迪娅内心的愤怒之情却无法这么快消减。

柳迪娅不知道为何此刻会想起这件事，想到那个农场主。她忘记酒杯已经空了，抓起杯子想要喝两口。发现杯子是空的后，她放下酒杯时，酒杯又不慎撞到了盘子的边缘。

柳迪娅嘟囔了一句莫名其妙的话：这是不是就像走进了魔法森林？

埃德文斜眼看着她，问她到底是什么意思？柳迪娅解释说，她只是想生活在这里。她知道，埃德文是真的想要搬进来和她住在一起，他希望能够和她一起生活，更好地了解她。埃德文希望她不要感到害怕，她可以安心地做自己，保持自己的本色。

柳迪娅对埃德文的这些想法依然感到有些难以接受，因为她从小就有一个奇怪的想法，即她遇到的每一个人最终都会变得很相似，她需要通过不断地更新自己对他们的了解和认知，才能记住他们身上的独特之处，发现他们的不同。柳迪娅对待事物的态度是：一切都在发生变化，没有什么比做自己更重要。

一个问题

伴随着九月份的到来,今年的秋天也早早到来。几乎在一夜之间,天气一下子变得凉爽起来。白天逐渐变短,山上的树叶也被秋风染红了。

在一个下着绵绵细雨的早晨,柳迪娅一个人驱车前往一个人迹罕至的小农场。她之前没有来过这家农场,它的位置相当偏僻。这家农场位于一条蜿蜒曲折的道路尽头,两边都是茂密的松树林。因为下过雨,这里路面非常泥泞。最后一段路程需要柳迪娅自己下车走过去,才能走到农场房子的旁边。在农场的房子门口站着一个身材娇小的老妇人,她看起来有些怯生生的,佝偻着身躯。这里没有很多常见的农场动物,她没有丈夫,也没有孩子,只有一条沉沉睡去的狗。妇人说,她想叫醒自己的狗,但怎么也叫不醒。

进入房子后,柳迪娅看到大门的走廊中靠墙摆放着旧滑雪板和滑雪杖。阳光照进房间,可以看到有灰尘在空气中疯狂地翻滚。柳迪娅能够闻到一股咖啡似的有些烧焦了的甜甜的气味。房间的墙壁上挂着刺有《圣经》上的诗句和狩猎图案的刺绣,还有两个红色的木头架子,上面摆放着一排排毛绒鸟和别的小动物。

在柳迪娅的思考过程中，人物、事件，还有一些非常抽象的概念常常会在她的脑海里以图像的方式呈现出来。在这幢房子里，在这个老妇人家中，她也看到一幅明显的图像，那就是孤独生活的样子。这幅图像是由什么组成的？它包括一些肢体和器官。她仿佛看到了老妇人在过去生活过的童年时代的样子，然后慢慢地一步步发展变化成了今天这个样子。柳迪娅觉得她的生命轨迹就像是一条被木匠画在木板上用作标记的铅笔线，那是一条有些弯弯曲曲的线路。

厨房的灶台下放着一个篮子，里面躺着一条黄色的拉布拉多犬。柳迪娅看到这条拉布拉多犬，立刻意识到，它已经死了。这条拉布拉多犬的身体已经开始变得僵硬，四肢扭曲。这让人感到心痛，但柳迪娅明白这条狗对老妇人的意义，于是她不能简答粗暴地对待这件事。柳迪娅俯下身子，轻轻地抚摸着拉布拉多犬的身体，仿佛在试着安抚它，和它对话。老妇人问柳迪娅，现在应该为它做些什么，它之前一直在睡梦中呜咽，好像很不舒服的样子。它已经这样沉睡了一天多了，而且一直一动不动。

柳迪娅站起身，冷静下来，在思考该如何向老妇人说明现在的情况。老妇人似乎有所发现，疑惑地看着柳迪娅，似乎在想她为何不立刻告诉她拉布拉多犬的情况。她现在非常纠结，一方面她急于知晓拉布拉多犬的情况，另一方面她也隐隐有些察觉，非常害怕听到自己不想听到的内容。

正当柳迪娅整理好思路，打算开口告诉老妇人真实的情况时，老妇人抽泣着从厨房离开了。柳迪娅稍微等了一下，就立刻跟了上去。老妇人站在外面的楼梯边。她握住柳迪娅的手，以示信任。老妇人告诉柳迪娅，她的视力很差,大部分时间她都是眯着眼睛走路,只能用听觉和嗅觉来确定自己的方向。她能够闻到疾病和死亡的味道。疾病的味道闻起来像腐烂的东西,有一股潮湿的铁锈味。她喜欢谷仓里的味道,这里有化肥、粪便和酸奶的味道。柳迪娅也轻轻地握了握老夫人的手,老妇人问她:"你叫什么名字?""柳迪娅。""嗯,柳迪娅是一个好名字。我叫安娜。"老妇人说,"你身上有男人的烟草味。"

然后,老妇人重新走回厨房,和柳迪娅一起将拉布拉多犬抬到房外,一起安葬了它。柳迪娅用铲子在草地上挖了一个洞,然后他们一起将拉布拉多犬放在一块破旧的油布里,包好,再把它放进洞中。柳迪娅说了几句悼词,其实她现在思绪非常混乱,无法集中精神,想不出太多合适的话语。但她知道,老妇人现在非常需要几句安慰的话语。

最后,柳迪娅将一只手搭在老妇人的肩膀上,然后轻轻念了一句很短的诗句:

亲爱的小家伙,是这样的吗?
你是否如人们口中所说的那样可怜又可爱?

安娜说,柳迪娅的声音很好听,清楚而又冷静,不过听上去有些拘谨。柳迪娅开心地笑了笑,她此刻觉得既尴尬又轻松。老妇人是一个非常直爽的人,柳迪娅觉得她的性格很好。因为面对直接的人,她可以有话直说,不用思前想后,造成困扰。处理完拉布拉多犬的安葬事宜,柳迪娅走到老妇人身边,告诉她,现在她需要把房间重新打扫一遍,然后再继续花时间想念逝去的拉布拉多犬。如果之后柳迪娅收到有需要领养的小狗的信息,一定也会第一时间告诉她,因为老妇人确实需要再养一条狗。

老妇人告诉柳迪娅,当她还是一个到处跑来跑去的小姑娘的时候,就一直有小狗的陪伴。她从小就是一个生活在农村的野孩子,性格活泼,一点儿都不文静。四条腿的小伙伴一直是她生命中非常重要的陪伴。

柳迪娅回到车上时,才意识到她已经被雨淋湿了,浑身冰冷。她的头发湿漉漉的,她照了照车前镜,看到自己的脸也被冻得苍白。柳迪娅决定先回家洗个热水澡,再返回诊所。此刻,柳迪娅不知为何,产生了一种任性带来的幸福感,她觉得非常轻松、非常快乐。当柳迪娅回到家躺进浴缸时,她闭上眼睛,又想起来刚刚在农场里遇到的老妇人安娜,她仿佛能够看到安娜此刻正一动不动地站在厨房窗边,望着窗外不远处长满了青草的小山坡,那里埋葬着自己的拉布拉多犬。

柳迪娅此刻突然想到了埃德文,他在做什么?他现在在忙吗?他还是那么被她吸引着吗?她又想到了自己的父亲。父亲在做什么?他在路边的灌木丛里摘下秋天结束前的最后一批野莓果子吗?还有母亲达格玛,如果她还活着,现在会在做什么?她是否会像曾经那样走进森林,站在一片空地上,聆听森林里鸟儿的鸣叫?

当梦境来敲门

这天晚上,柳迪娅做了一个非常奇怪的梦。她梦见自己进入了一片奇怪的森林,这片森林中有小溪和蜿蜒的河道穿过。不知为何,她误入了一处布满枯木和腐烂灌木丛的未探索区域,这里都是黑色树枝。

柳迪娅尽最大努力穿过荒野,攀爬过各种树枝,用双手开辟道路,将参差的杂树推到一旁,挣扎着摆脱这个困境。然后她来到一条河边,那里有一条空木筏。柳迪娅意识到,她需要搭乘这条木筏。于是她涉过水,坐上这条木筏,木筏沿着河水一路下行,来到一片新的区域。柳迪娅躺在木筏上,仰面欣赏着周围的景色,她能看到河岸边的树林,还有头上蓝蓝的天空。

这时,阳光变得有些刺眼,柳迪娅不得不用双手遮住自己的眼睛。她坐起身来,因为现在遭遇了一股强烈的水流。木筏开始剧烈地晃动,在河水中起起伏伏。起初,柳迪娅以为这条木筏要被急流拖曳打翻,沉入河底了,但在撞上了几次岩石后,木筏最终还是稳住了方向,重新进入一段平稳的河道。柳迪娅最终停在了一个浅滩,这里的河道上铺满了鹅卵石。河岸边长满了蒲公英,阳光洒在水面,景色优美。

柳迪娅不是一个迷信的人，但是这个梦境真实得让她觉得好像自己亲身经历过一样，如此生动。

一个平凡的下午，柳迪娅在粉刷厨房，母亲打来了一通电话。尽管不方便，柳迪娅还是接起了电话。她把电话夹在肩膀和脸颊之间，问在做什么，有什么事情。电话里，母亲的声音听上去不太清楚，但还是听到了母亲的回答，她说她正在粉刷厨房。柳迪娅说，她现在也在粉刷厨房。柳迪娅说，她快要完工了，正在给窗户做最后的装饰。母亲说，实在是太好了，她那边也快完工了。母亲说，父亲约翰正在回家的路上，他去商店买东西了。这时，柳迪娅的手机收到一条新的信息，是埃德文。

埃德文发信息来问，他大约还有十分钟就会从城里开车过来，是否需要帮柳迪娅带些东西过来。

醒来后不知从何而来的幸福感

当埃德文过来的时候,他们有时会在早上一起醒来。柳迪娅偶尔会早于埃德文醒来,她看着身边的埃德文半睡半醒的样子,会温柔地抱着他,即便感到肌肉酸痛。柳迪娅觉得有些抱歉,不想打扰埃德文的睡眠,但是埃德文觉得没有关系,他说和柳迪娅在一起的时候自己总是非常放松。他在城里自己的公寓里睡觉时,总是很难保持平静放松,他偶尔会翻来覆去地折腾一整夜,一直难以入眠,城市里永远难以停歇的噪音让他非常疲惫。最近,埃德文在剧院里有了新的工作任务,协助排演奥古斯特·斯特林堡的喜剧《第一次警告》。尽管这只是一部小型独幕剧,埃德文还需要为此常常加班工作到深夜。埃德文是一个非常乐于助人的人,柳迪娅喜欢这样的埃德文。她在两人刚开始在一起时,就发现了他是一个这样的好人。柳迪娅想起他们刚刚在一起后度过的第一个冬天,埃德文一大早5点多就醒了,他轻手轻脚地爬下床,柳迪娅在房间里听到外面客厅里火炉被点燃后发出的噼啪声,是埃德文提前起来把屋子弄得暖起来。

埃德文身上有一种奇怪的温暖的感觉,柳迪娅觉得这和自己的父亲有些相似。不过父亲还是有些不同的。柳迪娅小的时候不喜欢自己的父亲，每当她和母亲在厨房吃晚饭时，父亲常常带着一身的机油味，或者是动物的血腥味走进来，这会让她一下子失去胃口。而且即便她抗议也没有用，因为父亲总是忙忙碌碌的，而且一旦她们没有对他的这些工作展现出感激之情，他就会强调他做的这些事情也不是为了他自己。不过父亲不是一个聪明人，他有很多不切实际的想法，经常把成堆的木板、箱子和工具搬来搬去，做很多烦琐的工作，把家里的房子不断翻新，墙壁被竖起又拆除，不过他的大部分工作常常半途而废。柳迪娅觉得他在这些事情上浪费了大量时间和精力，反复地测量、调整、修补，不停地做各种各样的木工活儿。与他的父亲不同，埃德文是一个聪明人，他能够很快地把握问题的关键，如果需要修补什么东西，他可以轻松自如地用最高效率处理好。

埃德文也会帮助柳迪娅修补房屋。他不会一惊一乍，在各处敲敲补补，柳迪娅非常欣赏他在这个房子里完成的各项工作。埃德文帮助她修理过漏水的排水沟、漏水垫子、松动的门把手，他也不会浪费任何材料或物品，总是在安静地完成这些工作。他的行为那么自然，就好像在做一件非常自然的事情，如同条件反射一般，平静而又充满力量。

柳迪娅明白，这种比较是不公平的，因为她相信父亲做这些事情的出发点也是好的，因为他是在履行自己作为一个父亲的职责，他要养活自己的妻子和女儿。他长年的工作都是为了赢得她们的尊重。不过，父亲作为一个任性且有些不切实际的人，他的一切努力往往看起来就像是在开玩笑，如同游戏一般，行为举止惹人注目，但是结果往往不尽如人意。

这不是她该考虑的事情

在医生确诊之前,柳迪娅就已经知道自己怀孕了。因为近来她明显地感觉到,自己的睡眠变得不太稳定,日常工作情绪变得更加容易紧张且注意力容易分散,需要不断提醒自己集中注意力。平日如家常便饭一般的工作内容对她而言开始变得有些吃力,例如帮一窝刚出生的小狗检查身体和清理伤口,或者为生病的兔子实施安乐死的时候,她变得难以集中注意力,或者情绪容易受到影响。

柳迪娅去全科医生那里看诊后,确认自己是怀孕了。几天后,她来到一家农场出诊,到达那里后,柳迪娅站在猪圈旁,却忽然发现自己想不起来究竟是为什么来这里的,仿佛一瞬间失忆了一般。恍惚了一会儿后,柳迪娅才想起自己被请过来的原因,她告诉农场主,现在晚上气温会逐渐降低,需要注意防寒保温,猪的体重也会在圣诞节之前一直增加。然后,柳迪娅开始给猪接种疫苗,并检查体重。

柳迪娅还没有将怀孕的事情告诉埃德文。她不知道自己为什么没有第一时间和他分享这个消息,大约因为现在还是孕早期,所以这几个星期以来,柳迪娅一直都没有和埃德文讨论过任何关于此事的话题。柳迪娅计划等埃德文去城里收拾东西，正式搬到这里居住后再和他说这件事。

现在，柳迪娅计划先去城里看看埃德文。埃德文住在挪威首都奥斯陆的东边，柳迪娅对市里面的路况不太熟悉，她之前只去过一次奥斯陆。而且，柳迪娅也没有看过埃德文工作时的状态，他在剧院的演出经常会被报纸报道，而且好评如潮，不过柳迪娅还没有看过那些演出。

面对柳迪娅的来访，埃德文感到又惊又喜。他正在家中打包最后一箱东西。当他看到柳迪娅后，立刻紧紧地抱住她，没有多说什么话。他将手臂轻轻环在柳迪娅身上，两个人继续拥抱着。埃德文看上去有些疲惫，人好像也胖了一些。柳迪娅将脸靠在埃德文的胸膛，用手摸了摸他的胸口，问他现在在想什么。埃德文说，其实他心里有些拿不定主意，一直担心柳迪娅还没做好准备，对两人搬到一起住这件事心里还有犹豫。这时，柳迪娅说，她觉得怀孕生子是一件很幸福的事情。听到这句话，埃德文一下变得呼吸不稳，身体变得有些僵硬。柳迪娅一下子有些拿不准他此刻的情绪，忍不住猜测他是不是被这个消息吓到了。于是，柳迪娅从埃德文的怀抱中挣脱出来，岔开话题，询问他是否需要增添一处可以放置东西的地方，这样他搬到乡下去后就不用把自己的东西一直放在箱子里了。他们可以在回去的路上顺便开车去买个书柜。

埃德文表示，他更愿意去一趟木材厂，在那里用合适的材料制作一个自己的书架，他很擅长木工，而且会把天花板到地板的距离精确测量好。柳迪娅告诉他，她愿意帮助他一起完成这项工作，他们可以在客厅的一整面墙上建一个新的书柜，在那里摆上一千本小说。不过，她要先看看他这里书籍的种类，以便确认他们究竟需要多大空间。

埃德文打开一个已经用胶带封装好的纸箱,拿出一本书给柳迪娅看。这是一本非常好看的小说,埃德文朗读了其中的一句话:"不过,她想要的不只是一个奇迹。"柳迪娅点点头,告诉埃德文她小时候也看过这本书,她知道这本书的作者是一个非常受欢迎的小说家。

埃德文走进厨房,切了一个橙子,让柳迪娅过来一起吃。柳迪娅用充满爱意的眼神看着埃德文,但她其实心中还是有些犹疑。是否正确的选择依然会导致失败?两个人站在厨房一起吃着橙子,一种非常愉快的氛围萦绕在四周,拉近了他们之间的距离。柳迪娅吃橙子的时候有汁水滴了下来,她用毛衣袖子擦了擦,然后对埃德文说,是否可以告诉她更多关于他的事情。她想知道关于他的工作,他喜欢的电影、书籍,还有各类事情……其实这些事情对他们而言已经不太重要,不过她在用这种方式让他知道,她希望两个人的关系能够变得更亲密,或者说变得更加纯粹。

埃德文也吃了一口橙子,然后对柳迪娅说,让她不要担心,因为他明白她的想法。如果有一天柳迪娅对他感到厌倦,他会安静地离开,让她不用担心。埃德文说,无论如何,她总会收获一份"礼物",这是她无法拒绝或选择的。柳迪娅不确定自己是否听懂了他说的这句话的意思,但她似乎明白,他是在告诉她,无论如何,她都可以坚持自己的意见,不必永远认同他;而他也理解这一点,他明白柳迪娅不会一直认同自己的全部看法。

小插曲

　　一个寒冷而晴朗的下午，远处的小山坡上堆满了积雪，空气似乎都变成了蓝色，凛冽的北风呼啸着吹过这片大地。

　　今年冬天初雪来得特别早，到了圣诞节的第一天的时候路面上已经有了很多积雪，而且雪量很大。厚厚的积雪压低了道路两旁的树枝，灌木丛已经完全被洁白的雪花覆盖住，看不出植物和大地的区别。

　　这种天气对农民而言是不太友好的，农场里面需要尽快把屋顶的积雪清除。在积雪问题特别严重的时候，市政府会安排铲雪机和拖拉机全天候工作，帮助农民清理积雪。

　　柳迪娅和埃德文也爬上屋顶开始铲雪，他们还需要把屋顶排水沟冻结上的一条条冰柱清理掉。而且，这不仅仅是一场和大雪进行的战斗，他们还要和凛冽的寒风进行斗争。

　　一天上午，柳迪娅接到电话，被请去诊治一头受伤的驯鹿。柳迪娅穿好厚厚的防风外套，打开大门，一股寒风立刻席卷入门，冲进走廊和厨房。由于冷热空气交融的影响，她身后的大门一下子被气流冲击，"砰"的一声巨响被打开了。来到事发地，柳迪娅了解了这场事故的原因。原来是一个农民一大早出门铲雪，无意间碰上了一头可怜的驯鹿，它被拖拉机一下子压倒了，可能把后背撞断了，腹部还有一条又深又长的伤口，皮开肉绽的，看上去糟糕极了。那个肇事者——农民身上背着一把猎枪，站在一旁，看起来也很懊恼。柳迪娅看到这个场景，不由得想：这真是一个地狱般的犯罪现场。

雪地上满是驯鹿身上流出的血迹，而且它的伤口中还在不断涌出新的血液。柳迪娅判断这些血应该是从它的肺部流出的，因为血液的颜色是深红色的。柳迪娅告诉农民，请他现在就动手吧，这头驯鹿不能再等下去了，不如尽快结束它的痛苦。于是，农民举起猎枪，摆好位置，将枪口对准驯鹿的头部，然后扣动了扳机。驯鹿被击中后，它的身体还继续抽搐和挣扎了一会儿，后腿不断地摆动，柳迪娅知道，这是正常的神经反射，但是看到这样的场景，她还是感到一阵难过。无论多久，无论从事这项工作多长时间，她还是会对这样的场景感到难受。

一头牛和一头驴

平安夜的早上,柳迪娅起了个大早,她计划开车去看望那个住在偏僻农场的安娜。她没有接到安娜去看望的要求,但是她觉得还是应该在这个节日里去看看这位老妇人。来到农场后,她看到这里的积雪已经被铲了不少,一直到安娜家大门口的雪都被清扫得很干净。

下车后,柳迪娅走到安娜家门口去敲门,但是等了一会儿,没有人回应。于是,柳迪娅扭动门把手,但门也打不开,是锁着的。这时,柳迪娅听到不远处传来一阵脚步声,于是她意识到应该是房子后面的雪地里有人在走。柳迪娅绕到房子后面,看到旁边的树林间有一个身影。柳迪娅担心安娜,于是快步走过去,原来安娜正在那里砍树,应该是要准备圣诞树。柳迪娅叫了一声安娜,安娜直起身子,回头也和她打了个招呼。安娜说,这真是令人感到惊喜,她以为柳迪娅过来是有什么事情找她。柳迪娅随口说,是的,她在附近办事,所以正好顺路过来拜访。

安娜打算砍一棵树,不过她错误地判断了这棵树的高度,它实在是太高了,所以砍倒后,她不得不在这里继续把它再砍得更短些。于是,柳迪娅在那里帮安娜完成了后面的工作。

完成这一切后,她们回到家中,柳迪娅把那棵砍好的圣诞树摆在安娜已经在沙发旁边预留好的空地上。在房间温度的加热下,圣诞树的松针散发出一种天然的、很好闻的味道,就像这间屋子里一直充满的干草味一样,令人感到安心。安娜煮好了一壶咖啡,还准备了饼干。安娜对柳迪娅说,他们家屋外有一台雪橇,柳迪娅可以把它拿走,这样柳迪娅就可以和她的丈夫还有孩子一起在圣诞节用它去滑雪玩了。

她的丈夫和孩子?柳迪娅此刻不知道该如何回应安娜,是的,她现在有一个男人,还有一个即将出生的孩子正在她的肚子里。想到这里,柳迪娅将手抚上自己尚未显怀的小腹。不过,她肯定不需要这个雪橇。

于是,柳迪娅说,如果安娜不需要这个雪橇了,她可以卖给她,她会付钱的。但是安娜坚持说,她要把这个雪橇送给柳迪娅,如果柳迪娅不想要的话,那就把它拿到跳蚤市场上去。

柳迪娅又吃了几块饼干,和安娜一起装饰圣诞树。圣诞树上还挂着一些雪水,不过安娜觉得没有必要等它全部干了。餐桌上有两个纸箱,里面放着一些有些年份的装饰物。柳迪娅拿出里面看起来古色古香的玻璃球,觉得它们很有质感。她看着安娜在一旁认真地装饰着圣诞树,看起来是那么严肃而又满足,仿佛在进行一项庄严的工作。柳迪娅觉得,安娜在乡村的这种隐居式生活其实很有安全感和保护性,即便她失去了自己心爱的狗,还是不会动摇自己坚强地生活下去的勇气。当她们把星星灯在圣诞树顶固定好,点亮圣诞树的时候,整个客厅里充满了温暖的灯光。

柳迪娅穿上外套，和安娜道别，准备离开时，安娜让她看一看客厅走廊里的那幅耶稣诞生图。安娜说，尽管路加福音没有提过牛和驴子这两种动物，不过，自从有了耶稣诞生的描绘之后，这两种动物总会出现在旁边。因为耶和华说："我养育儿女，将他们养大，他们竟悖逆我。牛认识主人，驴认识主人的槽；以色列却不认识，我的民却不留意。"[①]安娜继续说，在《圣经》中，除了约瑟夫、玛利亚和她的孩子，马槽里还有几个人物：牧羊人和羊、骆驼和仆人、天使和智者。但他们都是用木头雕刻的，而且已经变得破旧，都裂开了，油漆也掉了，就连伯利恒之星也没有了往日的光芒[②]。

柳迪娅没有离开，虽然她已经穿好了靴子，还是重新将防风外套挂回挂钩上，陪着安娜走回客厅，扶着她坐在椅子上。安娜说，她最近感觉有些奇怪。柳迪娅蹲在她身边，摸了摸她的脉搏，只能感到一些微弱的脉象。安娜看起来脸色惨白，身上也很冰凉。安娜突然开口说："要记得去拿雪橇，如果你能够在晚上7点23分搭上从洛桑出发的火车，就能够在午夜之前抵达日内瓦。不过，在那里找到一个价格公道的住宿和饱餐一顿是件有些困难的事情。"

柳迪娅安抚着安娜，让她不要继续这样说下去了。她明白了，这一次她的工作将不再是拯救动物生命，而是第一次要拯救人的生命。

---

① 节选自《圣经·旧约》以赛亚书 1:3，神责备以色列。
② 《圣经·新约》第二章中记载，耶稣在马厩诞生时，传说中伯利恒之星（Star of Bethlehem）突然爆发，这颗明星的光亮之炬，照亮了整个伯利恒的早晨。这时天使降临，指引无知的牧羊人去伯利恒寻找到了他们的救世主——基督。

悄然而至的女孩

柳迪娅坐在一张很不舒服的塑料凳上,她在等待安娜的诊断结果。安娜的姓氏很特别,她姓舒,因为她小时候是在瑞士生活的。勃兰特曾经告诉过柳迪娅,安娜搬到这个地方时候已经五十多岁了,而她现在已经八十多岁了。

安娜以前曾经在火车上遇到一个意大利人,然后一直和他一起生活在瑞士的山间。他们过着与世隔绝的生活,但是那种生活非常适合她。安娜出生在挪威一个叫贝鲁姆的小城的东部,那里是挪威最为富裕和生活成本最高的城市,她的家庭非常富裕。但安娜显然不是一个循规蹈矩的孩子,她青少年时期非常叛逆,经常到处游玩,不能被拘束在一个地方。

柳迪娅觉得现在应该给埃德文打个电话,但是她的手机没电了,已经自动关机了。埃德文现在应该会想知道她到底去了哪里。不过,他们俩之间已经形成了一种默契,他已经习惯了彼此之间的等待,也没有一般小情侣之间那种腻人的称呼。柳迪娅说,我现在应该留在这里。

这时,医生过来告知诊断结果:安娜中风了。不过,她不用担心,因为目前病情还不严重,对她的日常生活影响不大。

当柳迪娅回到家中的时候，已经过了凌晨。埃德文躺在沙发上，已经睡了过去，他在等她回家。柳迪娅轻轻地抚摸着埃德文的手臂，她今天累坏了，已经一点儿力气都没有了。她靠近埃德文温暖的身体，他一下子醒来，然后回身抱住柳迪娅，非常用力，仿佛她要逃跑，而他不想让她逃走一样。柳迪娅想要亲吻埃德文，但希望是一个轻柔的吻。这样的吻是没有情欲色彩的，甚至可能会稍显冷静，就像是两个人在通过亲吻互诉衷肠。

柳迪娅断断续续地告诉了埃德文发生的事情，她轻轻地叹了一口气，好像是在对安娜告别。然后，她坐起身，埃德文拿来一条毯子，盖在她身上。然后，他小心翼翼地把枕头塞到她的头下，让她躺下休息，自己坐在壁炉旁的椅子上。

壁炉里余烬即将熄灭，时不时地燃起微弱的红色火苗，就像人在喘气一样。埃德文问柳迪娅是否需要吃点东西？他拿来了茶、奶酪、一条面包和黄油，但当他把盘子放在她面前时，她已经睡着了。

圣诞节当天，柳迪娅起得很晚。她做了一个很长的梦，在梦里，她也在睡觉，但总是一个梦境套着一个梦境。醒来后，柳迪娅伸了个懒腰，有些烦躁地摸了摸自己的小腹。每年的圣诞节，最期待它到来的就是小孩子们了。柳迪娅想，因为孩子们对圣诞节总是充满幻想的，就像是人们年轻时对拥抱和初吻的幻想一样，总是充满各种美好的期待。

客厅里壁炉噼啪作响，空气中散发着现磨咖啡的香味。似乎还有一些其他不同的味道？有股辣味？柳迪娅好奇埃德文现在在做什么？她像个好奇的孩子一样走进厨房查看，看到了一盘刚刚做好的姜饼放在那里，香气扑鼻。埃德文打开烤箱，取出一个托盘，放入另一个托盘。他看到柳迪娅后，用毛巾擦了擦手，然后用双臂搂住她。柳迪娅透过厨房的玻璃窗，看着外面的积雪是如何被大风吹到一起，在房子朝西的墙上满满地堆积起来。

柳迪娅想去卫生间梳洗一番，她一边吹着口哨，一边走上楼梯。柳迪娅想，或者他们还赶得及今天去一趟教堂，如果她能快点洗漱的话。

柳迪娅没有宗教信仰，她不是过去那个时代的人，而且，基督教也从未影响过她。不过，《圣经》中的一些故事在阅读时仍然会让她感动，特别是其中一些通俗易懂、富有智慧的处世原则和智慧的文字。例如，我们必要尽自己所能在自己和他人身上寻找"善"。

不过，最重要的一点就是，柳迪娅一直坚信，这世间的一切生物，都在为了生存而奋斗，一切都需要被创造出来。有时，柳迪娅也会思考，是否世间一切的背后真的存在一个所谓的"造物主"，存在着可以宽容一切的东西，生命中是否存在奇迹和被救赎的可能？她虽然不相信这些，但也会偶尔小心翼翼地祈祷，即便自己总是对所有事情都抱有一定的怀疑态度，有时她也会双手合十，通过祈祷的方式，表达一个愿望、一个希望，或者一份感谢。

不过，柳迪娅决定，她还是不想去教堂。她现在需要给父亲打个电话，他们已经很长时间没有通过话了。上次联系还是在和父亲说那个孩子的事情。

接通电话后，柳迪娅向父亲表达圣诞快乐的祝福，但父亲的声音听上去有些闷闷不乐的样子，好像现在他的女儿正在打电话向他要钱，或者不断地询问关于遗产的问题。

柳迪娅想知道父亲最近过得怎么样，她知道这是一个没什么意义的问题，但她还是问了。柳迪娅为这样的问题感到羞耻，但是她不知道除了这样的空话还有什么别的话题可以和父亲说。柳迪娅站在卫生间里，用手撑在洗手台旁边，用一种非常不舒服的姿势站着。她最后思考了一下，决定告诉父亲：她怀孕了。是的，她怀孕了，虽然还不知道是男孩还是女孩，但她现在想把这个消息告诉自己的父亲。

话说出口的一瞬间，柳迪娅好像看到眼前出现了一个小女孩儿。明媚的阳光下，一个小女孩正在一幢房子后面的山丘上坐着，她在摘野莓。

柳迪娅忽然觉得，这世间没有什么景象能够比这个景象更美好了。这个小女孩叫什么名字？应该给她取名叫达格玛吗？

不，还是再等等吧。

戏剧作品

这个剧场不大,柳迪娅很快就找到了自己的座位。直到黑暗笼罩观众席,舞台亮起灯光时,她才注意到这里的空气中有一股浓重得近乎粗俗的味道,让她很不舒服。不过时间久了,她也逐渐适应了这种味道。柳迪娅觉得可能是因为她现在怀孕了,所以才会对气味这么敏感。这么一想,柳迪娅倒觉得没有那么难受了。

对柳迪娅而言,现在更多的是身体上的不适感,因为她现在变得容易疲惫,四肢有一种不熟悉的沉重感。柳迪娅很期待看到舞台上的埃德文。她之前只去过有限的几次剧院,第一次是在瑞典的斯德哥尔摩。当时她只有十来岁,母亲带着她去那里度过了几天假期,并且观看了塞尔玛·拉格洛夫[①]的作品《杜农根》的演出。许多年后,当她还在为斯坦格尔工作时,她在马尔默碰到了以前的同学,和他们一起去剧院看过《斯威登海姆一家》这部作品。

埃德文不喜欢谈论自己的角色。当他排练的时候,通常会拿着剧本一直走来走去,低声练习台词。柳迪娅经常能在二楼的书房里听到他练习台词的声音。天气好的时

[①] 塞尔玛·拉格洛夫(Selma Lagerlöf, 1858—1940),瑞典女作家,曾获得诺贝尔文学奖,代表作有长篇小说《尼尔斯骑鹅旅行记》。

候，埃德文偶尔也会躺在房间外面的吊床上进行排练。有一次，当柳迪娅在花园里除草时，透过敞开的厨房窗，她无意间听到过埃德文和编辑的一次电话交谈。原来埃德文曾发表过有关挪威作家易卜生的文章，他对《海达·高布乐》最后自杀的行为有独到见解。另外，他还用略带嘲讽的语气比较了易卜生和比昂松的戏剧作品，他评价说易卜生的经典戏剧《小艾友夫》有些"过头"，这可能是柳迪娅第一次，也是唯一一次在埃德文身上看到这种讽刺的态度和情绪。

舞台上的埃德文让柳迪娅感到陌生。他如同一个哑剧艺术家一样，从舞台前面的一扇隐形门悄然登场。他仿佛从黑暗中走了出来，站定身后，舞台一瞬间全都被照亮了。柳迪娅觉得埃德文此刻看起来非常庄严肃穆。这时，另一名女演员通过另一条隐蔽的通道也来到舞台上。她看起来有些闷闷不乐，又似乎在抽泣，叹息了一声后开始歌唱。她唱的是德语吗？女演员一袭白衣，在舞台模拟出来的黎明的光辉下看起来圣洁而美好，格外清冷动人。埃德文也穿了一身白色的亚麻西装，看起来像是平日里早上起床后柳迪娅看到他的样子。埃德文每天起床后都会和她问好，问她睡得怎么样，而她也会回答他，睡得不错。

柳迪娅其实不太能够理解戏剧，她总是觉得戏剧表演有点滑稽，当然这种滑稽也是能够打动人心的。因为戏剧表演是一场精心策划的结果，其中每一段台词和每一个动作背后都有一个潜在的表现目的，而演员则像是木偶一般，在舞台上做出克制而又试图写实生动的演出。柳迪娅觉得戏剧舞台上展现出来的一切，其实就是演员在通过一个更加虚幻的角度向世界展示真实，而这难道不矛盾、不奇怪吗？舞台上的一切都是基于一些充满假设的想象，虽然这些假设的想象来源于现实，但它们还是和现实不同的。

另外，舞台上的演出总会伴随着一些令人尴尬的仪式，即便是最为精彩绝伦的演讲，仍然抱有一种刻意的目的：试图向人们说清楚人世间的真实状况，而这种方式却又是不真实的。

柳迪娅想起了和母亲一起在收音机旁度过的儿时的夜晚。她们一起坐在收音机旁，聆听广播剧，她记得和母亲一起听过英格玛·伯格曼导演的一部作品《恋爱课程》，主角是古纳尔·布约恩施特兰德和伊娃·达尔贝克。一边回想着过去，柳迪娅一边把手放在自己日渐圆润的小腹上，她试着在感受肚子里的宝宝，她好像感到了孩子在踢她。不知道埃德文是否也会偶尔想想他的孩子？他是否为即将成为一位父亲而感到幸福？

摘自奥古斯特·斯特林堡《第一次警告》中的一幕

女人：是的！因为事实证明，你已经变得对我毫不在意，根本不会关心我，而你的爱也变得冰冷无情。记得去年夏天，我们住在一座无人居住的小岛上。你整天不在家，每天就知道钓鱼、打猎、胡吃海塞，变得肥胖……你的一言一行，都令人感到不快。

男人：是吗？但我怎么记得，那个令人嫉妒的农场男孩？

女人：哦，天哪！

男人：是的！我早就发现你会在指挥他去劈柴之前，对他下达命令时，会和他亲热地交谈，询问他的健康状况、前途和爱情……你被我说中了吧，你的脸红了！

女人：我为我的丈夫感到羞耻……

男人：……那个男孩……

女人：……你无耻！

男人：好吧，你可以这么说，就像许多其他事情一样；但你能解释一下你为什么恨我吗？

女人：我从来没有恨过你，我只是瞧不起你！为什么？我想也是出于同样的原因，我鄙视所有男人，只要他们——你怎么说来着？你们口口声声说爱我。但是为什么还要这样诋毁我。

男人：我早就发现了，我最初的情感就是爱你，但我也恨你，我希望你能够只爱我，但是为什么还会有其他人爱上我的妻子！

女人：你真可怜，我也真可怜！我们能做些什么呢？

男人：没办法！我们已经这样度过了七年，四处旅行，是因为我希望环境能给我们的关系带来一些改变。我甚至曾经试着让自己能够爱上别人，但没有成功。在此期间，你对我的不断蔑视和无休止的嘲讽，使我丧失了勇气、自信和活力；我已经试着六次逃离你了。现在我将进行第七次尝试！

男人站起来，拿出外套。

女人：原来这就是你的尝试，你一个人进行逃避的旅行？

男人：是的，但我还是逃跑失败了！上次我来到热那亚，我去了博物馆，但在那里却没看到画，脑海中、眼睛里还是只有你；我去了歌剧院，但没听到歌手的演唱，只听到了你优美动人歌声。最后，我误打误撞地进了一家咖啡馆，那里面唯一让我满意的女人是因为她长得像你！

雨后林中的燕子

柳迪娅把车停在潮湿泥泞的林边小路上，然后，她聆听着大自然的声音，她觉得自己也仿佛融入了这片森林，变成了一段声音、一阵风，又像是一只鸟儿在林间不断地飞行穿梭。可她在找寻什么？找寻春天，还是在凉爽湿润的空气中找寻某种慰藉？她觉得自己有些愚蠢，因为她现在不知道自己究竟在这里找寻什么。

柳迪娅在森林中跋涉着，她走过刚刚抽出新生嫩芽的桦树，走过刚刚冒出头的蕨类植物。她走到森林深处，穿过一片茂密的灌木丛后，柳迪娅双脚并用，爬上一个陡峭的山坡。她小心翼翼地护住自己的腹部，最终来到这个山坡的顶点。这里有一个很小的伐木场，可以看到新鲜的苔藓覆盖着枯萎的树桩。

柳迪娅想起她的童年时代，在她瑞典的家乡，那里也有一片一望无际的森林。而那时的她对一望无际的森林总会感到恐惧，因为进入那片森林，甚至会让她产生类似幽闭恐惧症的感觉。而现在，她站在山顶的高处，望着远处绵延不断的墨绿色的森林，似乎一直可以绵延到最北边的高加索地区。而近处则是刚刚发出新枝丫的橡树、栗树、榆树和桦树，它们青葱的嫩枝在阳光下充满了勃勃生机，正在等待雨水的洗礼，进一步生长，长成参天大树。

柳迪娅觉得自己在改变，然而改变她的并非时间，而是空间。

她来到了一个新的地理位置，是这里的森林和大山在改变她。

她的思绪飘回童年，她还记得自己家里花园中种满了香草的花坛、厨房里晾晒鸡油菌的餐桌，还有房间里的墙纸、母亲常常打盹儿的客厅。还有家乡每到夏天就会干涸的河岸、她第一次见到猫头鹰的阁楼、她第一次做爱的学生宿舍……

时间是无情的，时间是永不停息的。但空间则承载着记忆，每一片土地都充满了神奇的力量，因为土地中埋葬着太多的逝者。而在土地上新长出来的青草却又是那么美丽动人，土地上生长出来的大树又是那么充满力量。

柳迪娅生命中大部分的时间都待在诊所里，她大部分的人生都在处理工作，帮助患有胃病的猫、超重的狗、受伤的豚鼠处理伤病，还有每到秋季牲畜的产仔季开始时，她必须和勃兰特一起走遍整个地区，帮助每一个农场迎接新的幼崽诞生。

然后是夏天，每到七、八月份最炎热的日子，人们就会变得不耐烦、焦躁不安。柳迪娅想象着自己现在怀着的是一个女孩儿，她带着这个女孩儿一起体验这世间各种奇妙的景象，观看不同的演出。柳迪娅到森林中、在河边和山坡上漫步。柳迪娅觉得自己的腹部有一个属于女孩自己的世界，她和埃德文就在这个世界的正上方。而女孩儿生活的这个世界的天空是阴晴不定的，偶尔会下雪，甚至还会下冰雹。女孩儿会在她的世界里玩耍，偶尔也会哭泣。

柳迪娅知道自己不能一直沉浸在这种胡思乱想的世界

里，她必须清醒过来。不过柳迪娅觉得这种想象能够让她等待女孩儿出生的这段过程变得不那么难熬。她想象着女孩儿正在茂密的灌木丛中艰难前行。有时，柳迪娅会陷入短暂的焦虑中，她觉得有一层黑暗的阴影笼罩着自己和孩子。她会在半夜突然醒来，心脏狂跳不止。但是她告诉自己，为了她未出生的孩子，她必须忍受现在经历的一切。于是，柳迪娅偶尔会变得更加担心，担心一些以前从未害怕过的事情，她害怕这个还未进入新世界的小家伙会遇到可怕的事情。柳迪娅甚至偶尔会想象她和孩子一起突然消失，然后埃德文因此狂怒不止。

柳迪娅一直处在这样的思虑中，直到预产期的到来。

命名之物

柳迪娅将衣服扣好,然后朝大门走去。现在是中午,外面天气很好,阳光从窗外照进房间,洒落在房间的花瓶上。花瓶里插着罂粟花。整个房间的一切,包括这里的家具、衣物、装饰物等,都好像经过了一场令人筋疲力尽的斗争,但值得庆幸的是,它们都依然顽强地存活了下来。

柳迪娅看了一眼房间里的物品,她记得那口红色的平底锅,是在一个下雨天她去城里买的。不过,此刻她没有多余的力气再去思考这些,她提醒自己,她把门锁好了吗?是不是带好钥匙了?

夏日里偶有的大风吹得外面的树叶飘落,它们在风中翩翩起舞,看起来就像一艘艘即将倾覆的船只。柳迪娅觉得自己现在没有什么信心,她觉得自己应该带上一些用来阅读和打发时间的书籍,或者杂志,但是现在已经来不及了,因为她马上就要走到大门口,而且出租车也已经到了,正在等她上车。

埃德文打来电话,告诉她他已经在过来的路上了,柳迪娅觉得他的声音听上去有些奇怪。不过,他们二人之间无须多言,充满默契,两人的关系已然稳固。

柳迪娅坐上车,沿路她看到旁边公交车闪烁的黄色灯光,在外面强烈的阳光下难以分辨清楚。于是柳迪娅闭上眼睛,不再去看窗外的风景,不看路边的树林和远处的山色。虽然现在孩子还待在柳迪娅腹中,她却忍不住想到了死亡,仿佛它正在毫无征兆地来临。

柳迪娅觉得自己现在就像是在前往一个热情好客的人家的路上,她身处一个特别的房间,房间里点燃了蜡烛,灯光忽明忽暗,有什么阴影在接近,柳迪娅的肩膀开始颤抖。她好像是盖上了一层铺在木板上的蓝色防水布,有些透不过气来。柳迪娅想起埃德文经常在她身边出声朗读的一本书里的内容:"新事物总是模糊不清、难以把握的。"是的,当人们的记忆衰退,言语被遗忘,那些充满爱意的眼神也会随之消失。

当出租车驶进医院时,柳迪娅看到了路边人行道旁有一个十六七岁的女孩儿,她戴着一副超大的墨镜,看起来就像一个试图隐藏身份的女演员。如果她们现在开始对话,可以聊些什么话题呢?她们可以聊很多东西,例如,英国的家具艺术、孩子、日常生活的习惯,各种鸡毛蒜皮、琐碎单调的事情……柳迪娅的脑子里一直在胡思乱想。她又想到,孩子出生后会怎样呢?接下来她要面对什么?或许是因为柳迪娅的视力太好了,她此刻能够看到很多东西,而一看到这些东西,她就会开始产生各种不必要的联想,于是她不得不半闭着眼睛,控制自己的想法。

出租车司机一路陪着柳迪娅来到了电梯口。产房在三楼。电梯里还有另一个孕妇,她们用眼睛打量着对方,彼此露出了善意温和的微笑。柳迪娅觉得这个孕妇非常优雅。

每当柳迪娅感到压力的时候,她都会忍不住将手伸进外套口袋里做出寻找香烟的动作,但她现在身上没有香烟,而且她其实烟瘾也不大。现在柳迪娅也是这样,她只能控制自己不要紧张。

之后,柳迪娅进入了梦境。她梦见有鸽子从灌木丛中飞起,她看到自己变回了小时候,进入了一片森林。森林中有各种动物,有狮子,还有小昆虫。她听着,看着,观察着森林里一切大大小小的神奇事物。

这时,一阵风吹过,将一片花瓣吹落在一个墓地旁。

柳迪娅又看到了自己的母亲。

母亲问她:"你喜欢野莓吗?"

柳迪娅说是的。她问母亲是否喜欢?

母亲说:"我也不知道。"

场景一晃,柳迪娅看到一头小牛挣扎着降生到这个世界。它被放在干草中,身上冒着热气,在寒冷的空气中蒸腾,拼命地呼吸,显示出了强大的生命力。

这时,柳迪娅听到了埃德文的声音。他好像在她耳边诉说着他对新生儿降临的欢喜之情。然后,他亲吻了她的嘴唇。

柳迪娅能够闻到床单的味道,它们应该是刚刚清洗过,有一种非常清新的气味。有埃德文在身边,柳迪娅觉得非常安心,她毫不犹豫地睡了过去,一动不动。

柳迪娅又做了一个梦,在梦中,她看到一个小孩在阳光下朝着她踱步而来。柳迪娅面对这个孩子,有些措手不及,又有些紧张,于是,她以一种很不自然地方式,小声说:"欢迎你来到这个世界,你看,这个世界是多么美丽。"

阳光越来越刺眼,柳迪娅觉得自己快要睁不开眼了。她听到耳边有鸟儿在歌唱。

睁开眼后,柳迪娅终于见到了自己的孩子:一个挥舞着双臂,看起那么柔弱、小小的女婴。

生活在继续，时间也在不断流逝。

孩子在夏天降生，在树荫下成长。

柳迪娅看着孩子那张熟悉而又陌生的脸庞，她觉得她的小脸在散发着光芒。这张脸像是一面镜子，明亮但是模糊不清。

柳迪娅觉得自己也不一样了。

柳迪娅不再是从前的那个自己了。

她听到动物们说话

在去产房的路上,护士小姐就在柳迪娅前面一直陪着她。柳迪娅能够感到有一阵热风从旁边开着的窗户吹进来,她感觉糟糕极了。奇怪的是,外面其实现在正下着大雨,她只能躺在这里,通过一些她可以借助的力量来帮助自己逃避目前的痛苦与矛盾的感受。接下来的几周时间里,她一直聆听着外面大雨冲刷柏油马路和草坪的声音来缓解情绪。

孩子大部分时间都是睡着的。最初的几周,这名新生儿一直备受关注,埃德文把她的小床搬进了他们的卧室里。埃德文有时会和孩子小声地说话,先哄着她睡着,然后他再躺回柳迪娅身边,一起入睡。埃德文会轻轻安抚她的后背,帮她按摩,一边按摩,一边缓缓睡去。柳迪娅却怎么也睡不着,她试图让自己平静下来,聆听着女儿的呼吸声,但是她那几乎微不可闻的呼吸声会让柳迪娅变得更加清醒,更加睡不着。柳迪娅也尝试通过阅读来助眠,但是由于她无法集中注意力,还是无论如何都难以入眠。

柳迪娅甚至尝试了助眠剂,依然毫无用处。一直到柳迪娅被折腾得筋疲力尽,才堪堪睡去。埃德文有事需要出门,离开家时门"砰"的一声关上,脚踩在碎石路的台阶上，汽车启动的声音也没有将柳迪娅吵醒。然而，女儿最轻微的呜咽声就会将柳迪娅惊醒，让她从被子里立刻爬出来。

柳迪娅和她的孩子一起外出散步，走在凉爽的秋风中。她开始和路上遇到的人进行交谈，虽然她几乎不知道这些人究竟是谁。她走在路上，经过了商店、点心铺，和路边的小女孩、邮递员、以前从未和她说过话的陌生女子，一个牵着她曾经治疗过的一头公牛和一头小牛的农民打招呼聊天。

柳迪娅听人说，邻村的一个男孩被吼声吓死了。这是真的吗？在回家的路上，柳迪娅因有些疲惫，需要停下脚步喘口气。她看着躺在婴儿车里的女儿，阳光穿过树叶照射在她的脸上，有斑驳的光影在她的脸颊浮动。柳迪娅将她从婴儿车里抱出来，她亲吻着女儿柔软的前额，低声呼唤着她的名字：达格玛。柳迪娅希望能够快点和女儿熟悉起来。

柳迪娅想到那个因为吼叫受惊而亡的男孩，她实在不愿意在孩子身上使用"死亡"这个词。是的，每当一个孩子或者年轻人询问关于死亡的话题时，成人都会选择一个简单而谨慎的说法，因为他们不希望和他们谈论这么沉重的话题。关于死亡还有什么可说的呢？因为无论人们是否愿意，一旦被赋予了生命，也终将会迎来死亡。但"死亡"总是听起来让人觉得残忍而无情，又十分无助。

柳迪娅打起精神，她觉得自己不应该再继续思考这些无谓的事情。女儿的呼吸声让她一下子恢复了精神。不知道埃德文是不是打来了电话，他是不是在想她们在外面做什么？

回到家中,柳迪娅将女儿从婴儿车上抱下来,而后抱着她在房子周围走动。她指着大树,告诉达格玛这是"树",指着房子告诉她这是"房子",指着花园和天空中的云朵告诉她,这是"花园"和"云"。柳迪娅记得有一次,父亲在吃李子的时候没有注意果肉里陷入了一颗石子,一口咬下去,把自己的牙给硌掉了。那一定很疼。父亲把一口血吐到地上,然后愤怒地咒骂,一遍又一遍。柳迪娅当时还小,她不明白父亲为什么会变成这样,他看起来就像是一头受了伤的狮子,愤怒地想要撕碎猎物一样。但她并不感到害怕,只是不解。而这时母亲达格玛则让他冷静下来,告诉他,他不应该在女儿面前做出这样的表现,至少不该在女儿面前说这么多脏话。于是,父亲约翰又吐了一口唾沫出来,然后从厨房里拿出一瓶酒,喝了一大口,冲洗了伤口,就像是为了向自己的妻儿证明自己不是酒鬼那样,简单地处理好,他又将酒瓶塞好,放在花园的桌子上,然后将柳迪娅抱起来,向她道歉,告诉她不该在她面前说这么多脏话,这是错误的行为。柳迪娅虽然不明白这是为什么,但是她依然努力地向自己的父亲表现出原谅的样子,并且告诉父亲这没有关系。她看着父亲的嘴,也看到他嘴里的伤口。父亲也注意到了她的目光,于是他张开嘴,让她用手摸了摸他那断裂的牙齿和伤口,并将那枚血淋淋的牙齿放在她手上,告诉她如果她想要的话,就送给她了。

回到房间,女儿一被放到床上就睡着了。柳迪娅也躺在沙发上休息。她仰卧在沙发上,看着一本书。那是一本关于罗马建筑的图册,里面的内容相当有趣。

柳迪娅躺在沙发上,头转向女儿的方向,确认她好好地睡着。然后，她将双手举起，看着自己修长而又纤细的手指，上面已经有了一层薄薄的新生出来的茧子，好像还能闻到外面青草地的味道。

这时，柳迪娅忽然想起了那个来自安特卫普名叫丽莎的女人。她一时间有些恍惚，好像又有些不确定，她究竟是不是叫这个名字。柳迪娅突然看到了丽莎，她站起身，走到柳迪娅身边，靠近柳迪娅的耳边，但这种带来亲密感的距离并未让柳迪娅感到不适。丽莎的手里还拿着一本书，她是想给柳迪娅看些什么东西吗？是一幅画吗？还是一段文字？

柳迪娅挣扎着想要起身看得更清楚一些，但是忽然从梦中惊醒。

原来，她刚刚睡着了，只是在做梦。梦境消散后，只有她一人躺在沙发上。那本关于罗马建筑的图册掉落在地上。

柳迪娅站起身，去看女儿，女儿还在呼呼大睡。柳迪娅去厨房给自己泡了一杯热茶。当她喝下这杯热茶时，一种迟来的松弛感涌上心头。她为什么会做刚刚那个梦？实在令人费解。

柳迪娅感到有些焦躁不安，而人类的不安感又往往会引发进一步的好奇心。柳迪娅是一个对未知之物充满了好奇心的人，她对自己的这种性格很是满意，颇为自得其乐，因为人类所有躁动不安的情绪其实都与能量不平衡有关。

喝完热茶后，柳迪娅回到客厅，又去看了看女儿，她还是睡得那么香甜。柳迪娅想，女儿很快就会长大，她很快就可以带着她外出旅行，带着她去看各种动物，看着她也像她的母亲一样，开始喜欢各种各样的动物。

女儿会指着马说"马"，指着牛说"牛"，然后她们一起模仿动物发出的声音。达格玛听到别人叫她"达格玛"，然后了解这个名字的由来和它背后的故事。

她们还会一起聆听猫头鹰的叫声、池塘边青蛙的叫声，甚至还可以听到蝙蝠的叫声。达格玛将学会了解不同种类鸟儿的鸣叫，习得草地里的不同蚱蜢的叫声，还有那些在矢车菊周围嗡嗡作响的大黄蜂的嗡鸣声。

某日,她步入一片森林

在安娜·舒去世前,她只见过一次柳迪娅的女儿达格玛。还记得那是十二月份的时候,柳迪娅带着女儿来到那幢森林里的房子中,安娜对这对来访的母女说出的第一句话就是,"达格玛"这个名字现在不太常见了,它听起来很特别,像是她童年时偶尔会听到的朋友的名字。安娜记得,在她小时候,好像有一个保姆也叫"达格玛",那是一个特别和蔼可亲又非常可靠的人。

在柳迪娅到访几天后,安娜悄无声息地离开了人世,柳迪娅感觉自己就像是失去了一位亲人和一位挚友那般痛苦。

一周后,柳迪娅站在安娜的墓地前,在寒风中将鲜花放在安娜的棺木上。

柳迪娅、勃兰特和几位村民站在安娜的墓地旁。因为安娜的离世,柳迪娅一家度过了一个有些愁云惨淡的基督降临节,这也是达格玛度过的第一个基督降临节。柳迪娅和埃德文看着电视里的动画片,看着电视节目中播放的庆祝食物的画面,听着节日的音乐,回忆起自己童年时期庆祝节日的氛围。他们一边感受着节日的温度,一边有些焦虑不安地迈入新的一年。

但到了平安夜那天,家里的气氛重新变得愉快起来。

柳迪娅的心情因达格玛而得到改善。达格玛是一个非常乖巧懂事的孩子，她从平安夜的傍晚一直到圣诞节的清晨都沉静地睡着，没有添一点乱。

圣诞假期期间，埃德文和柳迪娅每天都会一起安静地欣赏电影，他们依偎在沙发上，愉快地聊天，然后做爱，之后一起在床上拥抱着亲密地共眠。埃德文和柳迪娅之间形成了一种和谐又默契的亲密关系，这种关系建立在一种彼此尊重又充满默契的理解之上，两人并没有那种非常频繁又密切的情绪和情感性的沟通。柳迪娅并非那种沉默寡言的人，她有时会有些矜持，但她非常愿意将自己的内心毫无保留地分享给埃德文，和他进行沟通交流，也没有任何不适感。这种分享让她觉得非常有安全感和舒服。柳迪娅回忆起她童年时曾在阳光明媚的好天气，去家附近的山坡上摘草莓的事情；还有她第一次和自己的一个高中同学发生关系时的感觉……过去的那些美好又温暖的回忆在此刻重新涌上心头，让她和现在的感觉串联在了一起，她有种莫名的熟悉感。

元旦的上午，柳迪娅从梦中醒来，她注意到埃德文不在她的身边，没有听到他那熟悉的呼吸声。柳迪娅一边揉了揉眼睛，一边走下床，她看到浴室的门开着，但是灯没有亮。

厨房里传来什么声音，好像是有人在窃窃私语。柳迪娅侧耳倾听，好像是父亲的声音。是父亲来看她了吗？柳迪娅赶忙整理了一下自己的头发，向厨房走去。

既然父亲来了，那他们为什么没有叫醒她？柳迪娅有些疑惑，不过她很快就反应过来了，这是因为他们觉得她需要睡眠，她得好好休息。父亲约翰看到柳迪娅后，立刻开心地拥抱了她，他看起来有些激动和感动。父亲觉得给自己的外孙女命名为"达格玛"是一个非常棒的决定，这真是一个好名字。父亲告诉柳迪娅，是他的朋友开车将他送到特隆赫姆的，然后他又从那里坐火车来到这里。

父亲说，他确实应该提前和柳迪娅打个招呼，告诉她，他想要来看看她。不过，他之前光急着来看自己的女儿和外孙女在挪威过得怎么样，而且手边也有地址，所以就没有顾得上。埃德文煮了一大壶咖啡，给约翰倒了一杯，然后告诉他，如果他愿意的话，可以先小睡一会儿，一路奔波辛苦啦，可以休息一下。

柳迪娅立刻开始收拾客房，帮父亲整理床铺。当她给客房的床铺换上新的床单时，她忽然感到一阵恍惚。柳迪娅难以想象自己的父亲是如何自己一个人踏上一条陌生的旅途来到异国，看望自己的外孙女和刚刚生育的女儿。柳迪娅觉得父亲的到来让她有一种不真实的感觉，就好像是家里突然来了一位不速之客，像是一个带着东西上门推销的陌生人，他拿着一些微不足道的、她并不想要的东西，但是最终她还是愿意接受它们，并且给他一些钱，就好像是施舍一般。柳迪娅整理好床铺后，打开床头的灯，安顿好父亲，让他睡下，然后轻轻地带上房门，还是感觉刚刚到来的新年的第一天的头几个小时有种非常不真实的感觉。

快到中午时，柳迪娅在客房门口听了听，听到父亲的鼾声，于是，她轻手轻脚地走开，并不想吵醒他，又好像因为听到了房间里的生命迹象而松了一口气。

埃德文其实对柳迪娅的表现有些不解，因为他觉得自己的岳父大人看起来并不像是有什么问题的样子。不过，约翰看起来确实有些衰老，毕竟到了这个年纪，但是他的精神状态很好，非常矍铄。

埃德文带着达格玛到花园里散步，柳迪娅站在窗边朝他们张望，埃德文温柔地抱着达格玛，而且好像在对她轻声地诉说着什么。

柳迪娅看着这个场景，不知怎的想起了一段童年的记忆。她还记得，那是一个暴风雨的夜晚，妈妈走进她的房间，帮她把窗户关好，然后安抚自己的小女儿，对她说晚安。柳迪娅躺在黑暗的房间里，感到非常不安，幻想着无数的幽灵和亡魂正在外面的暴风雨中四处游荡。

晚饭的时候，父亲终于睡醒了，他从客房里出来，柳迪娅正在加热圣诞节留下的一些剩饭。父亲看起来很高兴，他觉得这些剩下的饭菜依然是一道美味的大餐：有菠菜、酸菜、紫甘蓝、球茎甘蓝、小土豆，还有各种其他配菜。父亲一边享用他的"大餐"，一边开始对柳迪娅说起她以后可以继承的遗产，不光有他们家的农场，还有不少的一笔钱。父亲说，虽然金额不是特别大，但确实是他这么多年辛辛苦苦积攒下来的。

柳迪娅觉得，一些她其实并不想面对的、未来必将发生的事情，正在以一种她无法逃避的方式向她迫近。柳迪娅听到"遗产"这个词后感到非常难受，也有些尴尬，但是她又忍不住猜想：父亲是不是真的病了？

柳迪娅的性格就是这样，她当即直截了当地询问父亲，为什么要这么着急地和她谈论这些事情。柳迪娅避开了"遗产"这个词，而是用"这些事情"来替代。父亲的回答让柳迪娅感到很不舒服，他说，他认为柳迪娅应该要学会经营自己的人际关系，并且应该有一个"十分清晰"的人生观。柳迪娅对父亲的这一套说教感到很不耐烦，她忍不住想要请他离开这里，但是埃德文似乎看出来了，立刻在餐桌下用脚踢了她一下，让她先保持冷静。父亲也察觉出气氛不太对，马上非常自然地转移了话题。他开始询问关于柳迪娅生活的一切，想知道他们在挪威生活得如何，了解关于达格玛还有他们工作的一切。父亲看起来好像真的对他们的一切都很感兴趣，饶有兴致地询问这些事情，晚餐桌上的氛围看起来非常友好、和谐，大家都有说有笑的。

然而，谁也没有料到，就在这天夜里，约翰·厄内曼——是的，柳迪娅的父亲突然离世了。

当时埃德文被一阵急促的呼吸声从梦中惊醒，他赶忙煮了一大杯热柠檬水，倒给约翰，想让他喝一点，舒缓一下他的呼吸。就在他们等待医生到来的时候，柳迪娅静静地坐在床边，看着她的父亲，注视着他苍老的面庞。柳迪娅看着这张令她感到既熟悉又陌生的脸，仿佛同时看到了一颗衰老但又十分倔强的心脏。柳迪娅不禁思量，觉得当父亲醒来时，看到身边有她的陪伴，应该会感到非常高兴，并且会迷迷糊糊地询问她，他究竟睡了多久。

暗门

父亲的葬礼过后,柳迪娅在家里待了几个月后才调整好自己的状态,重新北上回到挪威。柳迪娅的父亲和母亲合葬在了一起。她有些后悔当时没有答应埃德文的建议让他陪着她一起回家来处理这些事情。埃德文愿意抽出几周的时间来陪伴她,但是她不想这样,她坚持自己一个人回来处理这些事情,她更愿意让埃德文和达格玛留在家里。柳迪娅需要独自在家里的农场里待上几天。她回到熟悉的、童年生活过的地方,打开儿时记忆中的农场大门,让自己的情绪恣意生长、尽情释放,什么都不需要考虑。柳迪娅计划把自己反锁在老家的房子里,看看自己曾经嬉笑玩耍的地方,如今变得如此空空荡荡,仿佛是一处被人遗忘的废墟。后悔的感觉再次涌上心头,埃德文原本可以在此时拥抱着她,温柔地指导她如何打扫、收拾和整理这里的一切。不过,这没有什么大不了的,柳迪娅重新鼓起勇气,她对自己说,一切都会好起来的。这里的草地很快就会被重新打理好,房子里很快就会飘出新煮好的咖啡的香气。周围空气里会再次弥漫着鲜花的芬芳,还有雨后青青绿草清新的气味。等到了春天,冰雪融化后,五风十雨的料峭春寒,也无法阻挡这里的植物,特别是那些杂草,生机勃勃地朝着天空的方向努力生长。

走到家门口时，柳迪娅在大衣口袋里不停地翻找，她的手止不住地发抖，她找不到家门的钥匙，她好不容易才让自己的情绪平静下来，控制着自己握紧钥匙打开大门。

柳迪娅就像是一个在外漂泊了很久的游子忽然归家，家里的一切都是那么陌生又熟悉。房子里的光线很不好，空气中还弥漫着一股腐败的气味。柳迪娅在门口站了很久才走进去。在漫长的冬季，这栋房子一直是封闭着的，很多东西上面都有一层厚厚的灰尘，柳迪娅看着房间里的一切，都还是老样子：父亲的椅子、壁炉上的猎枪、走廊里的橱柜、熟悉的搪瓷碗，还有家里的钥匙。

柳迪娅走到厨房门口，听到里面有苍蝇飞舞的嗡嗡声，有几只死苍蝇落在窗边，它们的同伴则在它们的尸体上爬来爬去。柳迪娅继续走进客厅，里面非常灰暗。不知道这里的那台老式留声机还能用吗？她插上电源，试着打开了它。一盏小绿灯亮起，唱针走在黑胶唱片上，发出干涩的噼啪声。留声机里传出了一段柳迪娅非常喜欢的乐曲，那是维瓦尔第的第三A小调大提琴奏鸣曲。柳迪娅很熟悉这首曲子，她调高音量，一边听，一边跟着它轻轻哼唱，还用右手轻轻地打着拍子。柳迪娅从未与父亲谈论过关于音乐的话题，与母亲也没有聊过这些事情。这个家里的人没有一起分享和谈论自己喜欢的事物的习惯。

柳迪娅记得自己还是一个小女孩的时候，就非常喜欢音乐，她收藏了一小盒自己喜欢的唱片。柳迪娅还记得，有一次，她的母亲去斯德哥尔摩旅行时，买了一支新的、非常特别的唱针，那可是一支钻石唱针。那支钻石唱针让柳迪娅兴奋极了，虽然她从来没有听母亲说过她也喜欢维瓦尔第、海顿或巴赫的什么音乐作品。但是她还记得，母亲当时曾说过这么一句话：应该用包容的态度去回应直接的表达，但不直接的表达也应该用包容的态度进行回应。那时的柳迪娅还不理解这句话的意思，她觉得母亲是在表达对待事物要保持和解和宽容的意思，因为她母亲本人就是这样子的一个人，这简直可以称得上是她的座右铭，即难得糊涂，凡事宽以待人。柳迪娅也不知道这究竟是母亲从《圣经》中引用的话，还是她自己想出来的话。不过这句话听起来确实有点像是《圣经》里会写出来的话。

柳迪娅来到自己曾经住过的小房间，这里的窗子已经老化了，其中一扇玻璃窗应该是在暴风雨中被猛地刮开撞在了墙上，上面的玻璃碎了，散落了一地。

柳迪娅本来打算将这里收拾出来后睡在这里，但观察过这里的情况后，她不得不打消了这个念头。

柳迪娅最终还是决定睡在车上。她记得走廊的尽头有一个睡袋，她把它找出来，挂在楼梯上，拍干净上面的灰尘，晾了晾。然后，她拿着睡袋回到车上，将副驾驶的位置放倒，尽量平躺着睡在车里。

现在是早春时节，外面依旧寒凉，柳迪娅的车停在路边，她打开收音机，用广播为自己做伴，看着不远处山坡上淡淡的薄雾。不一会儿，天色变得更暗了，柳迪娅打开车灯，照亮了不远处老家房子的外墙。

第二天一早，柳迪娅是从一个噩梦中惊醒的。凌晨四点半左右，柳迪娅忽然感到呼吸困难，一张巨大的长着无数只眼睛的陌生男人的脸朝着她扑面而来，一下子压在了柳迪娅的身上，这种巨大的恐惧感和压迫感一下子使她从睡梦中惊醒了。醒过来后，柳迪娅又感觉自己好像记不清梦里的情节了。

她恍惚间记得梦里还有一个人的声音，但是，实在想不起来那个声音说了些什么。不过，柳迪娅也不想回忆这个梦，她重新回到老房子里，开始收拾东西，想要赶快通过转移注意力的方式忘记这个噩梦。

柳迪娅高效地处理着这里的一切，她将各种旧杂物一件件分类，将不值钱的东西都搬出来推到门外的院子里，这些东西对她而言也没有带来任何美好的回忆。她将老房子里的壁灯、墙上的小架子、地毯、桌布、各种厨房用具、椅子、桌子等东西用扛着、拖着、推着等办法搬出大门，把它们堆放在清晨的阳光下。

如果这时有人路过，一定会觉得柳迪娅是为进行篝火晚会而做准备。处理完这一切，柳迪娅感到浑身肌肉酸疼，但是她为此感到高兴，她喜欢这种身体因疲劳而获得的疼痛感。接着，柳迪娅打了一大桶热水，在里面放入肥皂液，然后开始彻底清理房间。柳迪娅把家里从上到下，从里到外，从天花板到地板，从一楼到二楼，全部都擦了一遍。在清理客厅的壁炉时，里面不停地往外冒灰，她擦了四遍才勉强擦干净。柳迪娅一边清洗这个家，一边想起了自己儿时在这个家里感到的那种长久以来的压抑和不适感。那种感觉让儿时的柳迪娅一直感到悲伤，就像是一个沉重的包袱，一个挂在身子上的浸满了污水的抹布，又像是冬天覆盖在灌木丛和花园上面的厚厚的积雪，一直压在她的身上，让她感到喘不过气来。柳迪娅一遍又一遍地清洗着这里，她站在擦洗干净的家具和工艺品前，看着这里，就好像在透过它们看自己曾经的生活。她好像可以听到那些旧花瓶在窃窃私语，棕色的壁纸在讲述自己的故事和经历，螺丝已经开始在生锈的、斑驳的衣帽架上喃喃自语，父亲的那几件破旧的衣服在互相交谈，它们都在回忆和这栋房子有关的、过去的时光。在那些已经逝去的、发生过无数的大大小小事件的光阴里，柳迪娅感到自己什么也无法留下，什么也不想留下。

当柳迪娅开始擦洗父母的卧室时，她忽然发现在他们的卧室里竟然有一扇暗门。柳迪娅用手抚摸着这扇隐藏在破旧的壁纸中的门框，然后试着伸开双臂，丈量着距离，她推测这个暗门后面暗室的面积不过两三平方米。她站在墙壁前，好奇地看着这扇门，想象着后面暗室里的样子。但是，柳迪娅并不想要打开这扇门，去探索这个房间，她将耳朵贴近这扇门，倾听着门后的声音。柳迪娅想象着这扇门的作用，或许，这是一扇通往死亡的门，一扇通往死者的门。这扇门一旦被打开，柳迪娅可能会被诅咒，或许再也无法开口说话。于是，柳迪娅最终没有选择打开这扇暗门。

回到楼下，柳迪娅在厨房的冰箱里找到了一瓶伏特加，里面还剩了一点酒。柳迪娅喝了几口，细细地品味着这瓶酒的味道，然后把空瓶子装进袋子里。她走到院子里，在一把扶手椅上坐下。做完这一切，柳迪娅如释重负，她好像终于获得了一种久违的幸福感，仿佛所有的烦心事都一扫而空，随着她的清理一并被清除了。柳迪娅想起了与埃德文的初次见面，想起了他那时有些尴尬地奉承她，说她长得像瑞典女演员英格里德·图林。或许这就是常看电影的好处，可以让我们立刻将遥远的角色和现实世界联系起来，在现实生活中帮助人们进行交流和沟通。

柳迪娅把一面旧镜子搬过来，看着镜子里的自己，她知道，此刻阳光下的自己确实看起来很美。柳迪娅想起了自己的女儿，达格玛，她对达格玛的爱是不加任何附加物、没有任何其他因素的、最纯洁又完整的爱。她觉得自己可以将一切都奉献给她。

七年后

柳迪娅和达格玛一起在森林里散步,她们此行没有任何目的,只是为了在这里感受大自然的气息。在崎岖不平的林间小路上走了一个小时后,她们一起穿过一片茂密的灌木丛,经过一片洼地,然后来到一片空旷的平原。她们在这里看到一头鹿。这是一头美丽的鹿。一看到它,母女二人纷纷屏住了呼吸。达格玛牵住母亲的手,和她一起躲在一个小土坡后面。幸运的是,目前风向是朝向她们吹来的,所以鹿没有闻到她们的气味,只是站在草地上静静地吃草。它一边咀嚼,一边时不时抬头观望周围的情况。柳迪娅看那头美丽的鹿,又看了看身边的女儿,女儿也呆呆地注视着这美丽的生物,不知为何,一种幸福之情涌上心头。

柳迪娅轻声说:"祝你平安,希望你能够一切顺利。"这句话像是在对着那头鹿说,又像是在对着她的女儿达格玛说。母女二人在这里一直待到鹿离开,才重新穿过灌木丛,开始往回走。走到车边,柳迪娅和达格玛都听到身后传来了几不可闻的马蹄声。她们回头看,但没有看到什么东西。

她们开车驶出了这片森林。当她们开到大路上,阳光重新照在车上,达格玛摇下车窗,她的头发在风中飘扬。

达格玛问母亲，这里是否会有人合法地持枪猎鹿。柳迪娅不想欺骗她，点头回应。她说，是的，人们有可能会杀死那头可怜的小动物。

说话间，勃兰特打来了电话。他让柳迪娅现在马上去一趟附近的一个农场，那里有一头牛需要立刻治疗。

当她们来到农场时，看到一个五十多岁、身材瘦削、皮肤黝黑的男人站在路边等待。她们走进农场的院子里，一路顺着小斜坡走到一条小溪边。那头牛大概是在溪边打滑摔倒了。它现在正陷入泥泞，一头栽在了岸边湿滑的草丛中。农场主看起来担心极了。

柳迪娅必须踩进泥浆才能靠近那头牛，泥水没过了她的膝盖。柳迪娅俯下身，用听诊器听了听它的心跳，然后摸了摸它的腹部，请农夫将她的诊疗器具包递给她。然后，柳迪娅找到了药物，向牛的静脉注射了一定剂量的镇静剂，又听了听它的心跳。当镇静剂开始发挥作用后，柳迪娅和农场主一起合力将牛扶起来。但是他们的力气不够大，于是，农场主赶忙去附近找了几个人过来帮忙。

没过多久，三个小伙子匆忙跑来帮忙，达格玛也在一旁帮忙，他们一起齐心协力将牛从泥地里挣扎着抬了起来。农民非常感谢柳迪娅，她救了自己的牛一命。他帮忙拿起柳迪娅的包，然后来到储藏室，搬了几箱水果想要送给柳迪娅。他又把她们请到自己家中，拿了一条现烤的面包、两瓶苹果酱、各种蔬菜、一打鸡蛋，还有散发着浓郁黄油香气和柠檬味的蛋糕，把它们一股脑儿地放进一个箱子里，一并送给柳迪娅。他不是一个善于言辞的人，只能用这种方式感谢柳迪娅。

柳迪娅没有多做拒绝，他们拥抱后道了别。一旁的达格玛看上去也很开心。

第二天一早,埃德文在城里忙着戏剧工作,达格玛的学校开始放秋假了,于是柳迪娅又带着她一起上班。早餐后,她们驱车来到一片田野,那里有一个农场打来了求助电话。

在这里,达格玛迎来了自己参与接生的第一头小牛犊。当它呱呱坠地后,达格玛立刻按照母亲教导的那样将它一下子扶了起来,引导它靠近母牛的乳房,兴奋地看着小牛犊开始喝奶。傍晚完成工作后,柳迪娅开车回家的路上路过了一个养牛场,于是她将车停在围栏边。达格玛兴奋地跑下车,爬上围栏,开心地看着远处的牛群。柳迪娅则在一旁悄悄地观察她。她想起女儿曾经朗读过的一首学校里教给她的散文诗:

漂亮姑娘,你今晨在屋顶上做什么?
我在寻找风吹的方向。
为什么你想知道风要往哪里吹?
因为风会给我带来快乐。
那你为何要用歌声呼唤风?
因为有歌声的地方,幸福也会随之而来。
但如果你将悲伤也一同呼唤来了可怎么办?
无妨。
你叫什么名字,小百灵鸟?
只有给我洗礼过的人才知道我的名字。
谁给你洗礼的?
我也不知道。

"北欧文学译丛"已出版书目

（按出版顺序依次列出）

［挪威］《神秘》（克努特·汉姆生 著 石琴娥 译）

［丹麦］《慢性天真》（克劳斯·里夫比耶 著 王宇辰 于琦 译）

［瑞典］《屋顶上星光闪烁》（乔安娜·瑟戴尔 著 王梦达 译）

［丹麦］《关于同一个男人简单生活的想象》（海勒·海勒 著 郏旌辰 译）

［冰岛］《夜逝之时》（弗丽达·奥·西古尔达多蒂尔 著 张欣彧 译）

［丹麦］《短工》（汉斯·基尔克 著 周永铭 译）

［挪威］《在我焚毁之前》（高乌特·海伊沃尔 著 邹雯燕 译）

［丹麦］《童年的街道》（图凡·狄特莱夫森 著 周一云 译）

［挪威］《冰宫》（塔尔耶·韦索斯 著 张莹冰 译）

［丹麦］《国王之败》（约翰纳斯·威尔海姆·延森 著 京不特 译）

［瑞典］《把孩子抱回家》（希拉·瑙曼 著 徐昕 译）

［瑞典］《独自绽放》（奥萨·林德堡 著 王梦达 译）

［芬兰］《最后的旅程：芬兰短篇小说选集》（阿历克西斯·基维 明娜·康特 等著 余志远 译）

［丹麦］《第七带》（斯文·欧·麦森 著 郗旌辰 译）

［挪威］《神之子》（拉斯·彼得·斯维恩 著 邹雯燕 译）

［芬兰］《牧师的女儿》（尤哈尼·阿霍 著 倪晓京 译）

［瑞典］《幸运派尔的旅行》（奥古斯特·斯特林堡 著 张可 译）

［芬兰］《四道口》（汤米·基诺宁 著 李颖 王紫轩 覃芝榕 译）

［瑞典］《荨麻开花》（哈里·马丁松 著 斯文 石琴娥 译）

［丹麦］《露卡》（耶斯·克里斯汀·格鲁达尔 著 任智群 译）

［瑞典］《在遥远的礁岛链上》（奥古斯特·斯特林堡 著 王晔 译）

［挪威］《珍妮的春天》（西格里德·温塞特 著 张莹冰 译）

［瑞典］《萤火虫的爱情》（伊瓦尔·洛-约翰松 著 石琴娥 译）

［瑞典］《严肃的游戏》（雅尔玛尔·瑟德尔贝里 著 王晔 译）

［芬兰］《狼新娘》（艾诺·卡拉斯 著 倪晓京 冷聿涵 译）

［挪威］《天堂》（拉格纳·霍夫兰德 著 罗定蓉 译）

［芬兰］《他们不知道做什么》（尤西·瓦尔托宁 著 倪晓京 译）

［丹麦］《无人之境》（谢诗婷·索鲁普 著 思麦 译）

［挪威］《柳迪娅·厄内曼的孤独生活》（鲁南·克里斯蒂安森 著 李菁菁 译）